“最美中国”丛书(第二版)

U0879810

最美的尺牍

于继勇 著

合肥工業大學出版社

图书在版编目(CIP)数据

最美的尺牍/于继勇著 .—2 版 .—合肥:合肥工业大学出版社,
2017.12
(最美中国丛书)
ISBN 978-7-5650-3770-2

Ⅰ.①最… Ⅱ.①于… Ⅲ.①书信集—中国 Ⅳ.①I26

中国版本图书馆 CIP 数据核字(2017)第 325287 号

最美的尺牍

于继勇 著　　责任编辑 朱移山 张 慧

出 版	合肥工业大学出版社	版 次	2013 年 4 月第 1 版
地 址	合肥市屯溪路 193 号		2017 年 12 月第 2 版
邮 编	230009	印 次	2017 年 12 月第 2 次印刷
电 话	总 编 室:0551-62903038	开 本	710 毫米×1000 毫米 1/16
	市场营销部:0551-62903198	印 张	10.5 字 数 161 千字
网 址	www.hfutpress.com.cn	印 刷	合肥现代印务有限公司
E-mail	hfutpress@163.com	发 行	全国新华书店

ISBN 978-7-5650-3770-2　　定价:30.00 元
如果有影响阅读的印装质量问题,请与出版社市场营销部联系调换。

序

赵 焰

一直以为，中国传统文化的精髓，从时间上说，是在明朝之前的。明朝之前，占据社会主流的，是清明理性的孔孟之道。崇尚自然、游离社会的道学，作为主流思想的补充，与儒学一起“相辅相成”、“一阴一阳”，使得社会主流思想具有强大活力。从总体上来说，中国文化的源头，无论是周公、老子、孔子，还是后来的诸子百家，比如说孟子、荀子、庄子、韩非子、墨子等等，都对人生保持清醒、冷静的理性态度，保持孔子学说实践理性的基本精神，即对待人生、社会的积极进取精神；服从理性的清醒态度；重实用轻思辨、重人事轻鬼神的思维模式；善于协调，讲究秩序，在人伦日用中保持满足和平衡的生活习惯……中国文化的源头如此，决定了汉民族的心理结构和精神走向，包括汉民族理想追求、文化风格以及审美倾向。

中国文化在明朝之前，占据社会主流的，是高蹈的士大夫精神。最显著的表现在于：遵从天地人伦之间的道德，有高远的理想，讲究人格的修炼，反对人生世俗化，鄙视犬儒的人格特征。比如说孔子，从他的言语来看，更像是倡导一种人生价值观，追求人生的美学意义。又比如说庄子，他的学说，不像是哲学，更像是一种生活美学：道是无情却有情，看似说了很多超脱、冷酷的话，实际上透露出对于生命、本真的眷恋和爱护，要求对整体人生采取审美观照态度，不计功利是非，忘乎物我、主客、人己，以达到安详和宁静，让自我与整个宇宙合为一体。这种贯穿着士大夫精神的人生价值观，让人忘怀得失摆脱利害，超越种种庸俗无聊的现实计较和生活束缚，或高举远慕，或怡然自适，或回归自然，在前进和后退中获得生活的力量和生命的意趣。这就是中国历代士大夫知识分子一以贯之的艺术清洁精神。英国大哲学家罗素曾经说："在艺术上，他们（中国人）追求精美，在生活上，他们追求情理。"这是说到关键了。

中国人的生活哲学就是如此，一方面高旷而幽远，另一方面也连着"地气"，是自发的浪漫主义和自发的经典主义的结合。道家是中国人思想的浪漫派，儒家是思想的经典派。当东汉年间佛教传入之后，这种以出世和解脱为目的的宗教体系遭到了儒学和道教的抵抗，从而消解了印度佛教中很多寡凉的成分。经过"中庸之道"的过滤，其中极端的成分得到了淡化，避免了理论或实践上的过火行为。也因此，一种中国特色的佛教观产生了，佛教在中国更多变身为"生活禅"，变成一种热爱生活创造人生的方式。中国人一方面避免了极端的"出世"之路，另一方面，由于心灵的滋养、美智的开发，使得东汉魏晋，包括后来的南北朝、隋唐、五代十国以及唐宋元产生了很多高妙的艺术，"艺术人生"的观念也随之如植物一样葳蕤生长。可以说，这些朝代，是中国最具审美价值、最开人们心智、也最出艺术珍品的年代。也因此，很多艺术种类都在这个阶段达到了高峰，比如说唐诗、宋词、元曲、书法、绘画、音乐、舞蹈等等，它们洋溢着一种高蹈的精神追求，境界高远，洁净空旷，如清风明月，如古松苍翠。从审美上看，由于存有或明或暗的观照，存有人格与事物的交融，主题得到了提升，感悟与生命同在，境界与天地相齐，一种深远的"禅意"油然而生……从总体境界上来看，这一阶段的各类艺术形式，达到了各自的高峰。它们是最能代表中国文化精髓的。

中国的艺术精神到了明清之后，有低矮化的倾向。明清以后，由于社会形态的变化，专制制度进一步严酷；加上统治者出身和教育的局限，以及愚民政策的目的，整体文化和审美呈低俗化的倾向，社会和人生的自由度越来越窄，艺术的想象空间越来越逼仄，艺术作品的精神高度下降。随着"程朱理学"和科举制度的推行，人们的想象力、创造力被扼制，审美弱化，艺术更趋"侏儒化"、"弱智化"。大众普罗的喜好抬头，刚正不阿的风骨软化，崇尚自由、自然、提升的审美精神也在丧失。不过尽管如此，在明清时代的中晚期，那种崇尚自然、物我两忘的高贵精神仍时有抬头，一批有着真正艺术精神的独立艺术作品或有出现。尽管如此，士大夫精神已不是艺术美和生活美的主旋律，它只是一种空谷幽兰的生命绝响。

近现代之后，由于社会动荡，战乱连连，再加上西方现代化所导致的实用主义、功利主义的渗入，中国的文学艺术遭到了进一步摧残，传统的艺术精神更进一步沉沦。艺术的政治化倾向、实用主义倾向和世俗主义倾向抬头，这直接导致了真正的艺术精神缺失，艺术的品位下降，高蹈精神向世俗俯首，自然和自由变身为功利和实用，士大夫精神更是变身为犬儒主义。中国近现代上百年的屈辱和战乱，更使得中国自古以来高洁的审美观变得扭曲和肤浅：黄钟大吕变成田野俚语，布衣青衫变成了披红挂绿，古琴琵琶变成了锣鼓鞭炮，洁身自好变成了争相取宠，安详宁静变成喧哗骚动，幽默风趣变成庸俗不堪……如果说是与非，美与丑是人类最基本标准的话，那么，很长一段时间里，这种基本标准都在丧失，很多人已分辨不了是与非，也分辨不了美与丑。“文革”时期八个脸谱化的样板戏在左右着中国人的全部精神生活，这样的现象，又何尝不令人扼腕叹息！

如果说中国当代教育存在着诸多问题的话，那么，以我的理解，当代教育最大的失败，甚至不是传统丢失、精神扭曲以及弱智低能，而是在美育上的缺失。这一点，只要观察我们周围的人们，就可以得出这样的结论——在我们的周围，到处都是对于生活没有感觉，对于美丑没有鉴别的人。他们所拥有的，只是功利，只是物质，只是金钱，只是对美丑的弱智的鉴别和判断。这些人不仅仅是一些教育低下的人，甚至，一些貌似受过良好教育的人也是这样——他们虽然拥有很高的学历，有很好的教育背景，但在美丑的辨别力，以及对于艺术、心灵的觉察力、感悟力和理解力上，同样表现得能力低下、缺乏常识。这样的现象，实际上是我们多年以来的教育缺乏美育，缺乏精神导向的结果。一个人的审美，是与道德和智慧联系在一起的，审美的缺失，实际上也是道德和智慧的缺失。一个对美缺乏判断力的人，很容易在人生中缺乏动力和方向，也很容易被民族主义、法西斯主义、极端主义、工业主义所奴役，成为过度现代化的牺牲品。在很多时候，这种人不可能是一个丰富的生命，只是一架精神匮乏的机器。

现在，这一套由合肥工业大学出版社精心组织的“最美中国丛书”，似乎在某种程度上，弥补了一些“寻根”和美育上的缺失。该丛书旨在“重建中国优美形象，重构华夏诗意生活”，通过对古代思想、伦理道德、文学艺术、风景民俗、器物发明等的重新梳理，重新发现中国特有的美，倾情向世人推介这种美，以期真正的美得到传承。这套书知识精准，图文并茂，力求童趣与大美的融合，悦目和感人的统一。对于正在成长的青少年来说，这一套书，应是一个不错的选择，最起码它可以让人知道，什么是中国的最美，什么是中国真正的美。继第一辑十本书受到业界、读者的广泛好评之后，合肥工业大学出版社又趁势推出第二辑“物华灼灼”和第三辑“文质彬彬”，加在一起又有20本，这两辑丛书在第一辑相对比较宏大叙事的基础上，着力聚焦中华文化的细节之美，视角更为开阔，叙述更为细腻。无疑是值得期待的。

上个世纪初，北京大学校长蔡元培先生曾经提出过著名的“五育并举”教育方针，“五育”为：军国民教育、实利主义教育、公民道德教育、世界观教育、美感教育。其中，美感教育尤其有特色，蔡先生还以“以美育代宗教”的口号闻名于世。在蔡元培看来，美育是宗教的初级阶段，对于没有宗教传统的中国人来说，美育教育是一种基础，并且相对宗教，美育更安全，更普及，也更为人接受。通过美育，可以培育出道德是非的基础，培育出向上的力量。虽然蔡元培的这一观点引起过一番争论，但对于一个人来说，有美的熏陶，有对于美丑的正确判断，怎么都不能说是一件坏事。并且，美与是非，与善恶，与道德，与人类的心灵，与这个世界的根本，是联系在一起的。以对美的判断和感知为出发点，了解中国历史，了解中国文化，了解中国人曾经的艺术生活，了解一个民族的内心世界；从而进一步了解世界，了解世界的规律，与身边的一切做到和谐相处，都是大有好处的。

也许，这套书的意义就在于此。

【目录】

最美中國

手敕太子令 …………………………………………………… (001)
狱中上梁王书 ………………………………………………… (004)
与司马相如书 ………………………………………………… (010)
报卓文君书 …………………………………………………… (011)
报任安书 ……………………………………………………… (013)
答苏武书 ……………………………………………………… (019)
戒子歆书 ……………………………………………………… (025)
诫兄子严、敦书 ……………………………………………… (027)
遗黄琼书 ……………………………………………………… (029)
与夫窦玄别书 ………………………………………………… (031)
戒兄子书 ……………………………………………………… (033)
戒子益恩书 …………………………………………………… (035)
重报妻书 ……………………………………………………… (038)
答夫秦嘉书 …………………………………………………… (040)
又报秦嘉书 …………………………………………………… (041)
诫子植 ………………………………………………………… (043)
诸儿令 ………………………………………………………… (043)
诫子书 ………………………………………………………… (046)

又与吴质书 …… (048)
与杨德祖书 …… (052)
诫子书 …… (056)
诫外甥书 …… (058)
让孙皎书 …… (060)
戒子书 …… (062)
与山巨源绝交书 …… (064)
与子俨等疏 …… (071)
登大雷岸与妹书 …… (074)
答谢中书书 …… (078)
为书诫子嵩 …… (080)
与宋元思书 …… (082)
为梁上黄候世子与妇书 …… (085)
与博昌父老书 …… (087)
山中与裴秀才迪书 …… (090)
上安州裴长史书 …… (092)
与元微之书 …… (098)
与十二侄 …… (102)
训俭示康 …… (104)
与侄千之书 …… (109)
答洪驹父书 …… (111)
与长子受之 …… (114)
狱中家书 …… (116)
与子侄书 …… (119)
淮安舟中寄舍弟墨 …… (120)
潍县署中寄舍弟墨第一书 …… (122)
致诸弟——讲读经史方法 …… (124)
致诸弟——讲求学之方法 …… (132)

示儿文 …………………………………………………………… (137)
赴义前别父书 ………………………………………………… (140)
与妻书 …………………………………………………………… (143)
两地书 …………………………………………………………… (148)
致梁实秋 ………………………………………………………… (154)
给孩子 …………………………………………………………… (156)

（因本书部分图片未及向创作者申请授权，祈盼宽谅；恳请有关作者见书后与我社联系，以便奉寄稿酬及样书。）

刘邦（前247—前195），字季，沛（今江苏沛县）人。曾任亭长，秦末农民起义领袖之一。公元前206年，与项羽同伐秦，因先项羽入咸阳，被项羽封为汉王。后灭项羽统一全国，建立汉朝。

手敕太子令

吾遭乱世，当秦禁学，自喜，谓读书无益。洎践祚以来，时方省书，乃使人知作者之意，追思昔所行，多不是。

尧舜不以天子与子而与他人，此非为不惜天下，但子不中立耳。人有好牛马尚惜，况天下耶？吾以尔是元子，早有立意。群臣咸称汝友四皓，吾所不能致，而为汝来，为可任大事也。今定汝为嗣。

吾生不学书，但读书问字而遂知耳。以此故不大工，然亦足自辞解。今视汝书，犹不如吾。汝可勤学习。每上疏，宜自书，勿使人也。

汝见萧、曹、张、陈诸公侯，吾同时人，倍年于汝者，皆拜，并语于汝诸弟。

吾得疾遂困，以如意母子相累，其余诸儿皆自足立，哀此儿犹小也。

译文：

我生逢混乱动荡的年代，又赶上秦朝焚书坑儒，常常爱说读书学习无用。直到我登基后，才懂得学习的重要，读书可以使人理解作者的意图。想起以往的所作所为，是多么不正确啊！

尧和舜不让儿子继承天下却让与他人，这并非他们不珍惜天下，只是他们的儿子不成器罢了。人们有好的牛马尚且知道爱惜，何况天下呢？我因为你是嫡长子，早就有立你为太子的想法。群臣都说你与当今的东园公、角里先生、绮里奇、夏黄公等四位隐士关系很好，我请不动他们，他们却为你而来，看来你可担当大任啦。现在我指定你为继承人。

我平生不认真习字，只在读书问字时懂得一些，因此字写得不工整美观。即使如此，也还说得过去。现在看你写的字还不如我，你可要勤奋学习啊，每次上奏章要自己写，不要使唤别人。

萧何、曹参、张良、陈平诸位公侯，和我是同一时代的人，年龄比你长一倍，你要尊重他们。我的这些话，你要转告你的几个弟弟。

赏析：

《手敕太子令》是刘邦临终前谕告太子的文书，他身为一个皇帝，也是一位父亲，作为临终前的遗言，不能不说，这封文书，隐含了一个父亲在人生之灯即将熄灭前的拳拳爱心。在文中，刘邦先是回忆了自己年少时，没有努力学习，做了皇帝后，又为自己的才疏学浅深感不安，因此劝告太子，要立志治学，以后即皇帝位后，一些事要自己亲自动手亲自过问，不要让他人代劳，要尊重老一辈开国元勋们的意见，不要刚愎自用。

出身于草莽的刘邦，一开始是“读书无用论”的支持者，但是，当他执掌一国大权的时候，又认识到学识的重要性，开始为自己浅薄的学识感到羞愧，一边处理国家大事，一边在实践中提高自己的学识。

刘邦以尧和舜的儿子为例，因为不成器，不珍惜天下，无能力继承王位，而只好禅让他人。刘邦告诫儿子，虽然有东园公、角里先生、绮里奇和夏黄公四位隐士的支持，但是作为皇帝的继承人，你身上仍有缺点，比如字写得不好，各方面才能仍需提高，不能自我满足。对于老臣，更要尊敬爱护。

父爱如山，一个行将离世的皇帝，他所希望的事情，就是希望自己离世后，儿子能成为他所希望的人，不要让他在九泉之下不能瞑目。除却皇帝这个职位，这个时候，父子之间，只剩下浓得化不开的爱了。

邹阳（约前206—129），齐人，是西汉时期很有名望的文学家。文帝时，为吴王刘濞门客，以文辩著称于世。吴王阴谋叛乱，邹阳上书谏止，吴王不听，因此与枚乘、严忌等离吴去梁，为景帝少弟梁孝王门客。后被人诬陷入狱，险被处死。他在狱中上书梁孝王，表白自己的心迹。梁孝王见书大悦，立命释放，并尊为上客。

狱中上梁王书

臣闻忠无不报，信不见疑，臣常以为然，徒虚语耳。昔荆轲慕燕丹之义，白虹贯日，太子畏之；卫先生为秦画长平之事，太白食昴，昭王疑之。夫精变天地而信不谕两主，岂不哀哉！今臣尽忠竭诚，毕议愿知，左右不明，卒从吏讯，为世所疑。是使荆轲、卫先生复起，而燕、秦不寤也。愿大王孰察之。

昔玉人献宝，楚王诛之；李斯竭忠，胡亥极刑。是以箕子阳狂，接舆避世，恐遭此患也。愿大王察玉人、李斯之意，而后楚王、胡亥之听，毋使臣为箕子、接舆所笑。臣闻比干剖心，子胥鸱夷，臣始不信，乃今知之。愿大王孰察，少加怜焉。

语曰：“有白头如新，倾盖如故。”何则？知与不知也。故樊於期逃秦之燕，借荆轲首以奉丹事；王奢去齐之魏，临城自刭以却齐而存魏。夫王奢、樊於期非新于齐、秦而故于燕、魏也，所以去二国、死两君者，行合于志，慕义无穷也。是以苏秦不信于天下，为燕尾生；白圭战亡六城，为魏取中山。何则？诚有以相知也。苏秦相燕，人恶之燕王，燕王按剑而怒，食以駃騠；白圭显于中山，人恶之于魏文侯，文侯赐以夜光之璧。何则？两主二臣，剖心析肝相信，岂移于浮辞哉！

故女无美恶，入宫见妒；士无贤不肖，入朝见嫉。昔司马喜膑脚于宋，卒相中山；范雎拉胁折齿于魏，卒为应侯。此二人者，皆信必然之画，捐朋党之私，挟孤独之交，故不能自免于嫉妒之人也。是以申徒狄蹈雍之河，徐衍负石入海，不容于世，义不苟取比周于朝以移主上之心。故百里奚乞食于道路，缪公委之以政；甯戚饭牛车下，桓公任之以国。此二人者，岂素宦于朝，借誉于左右，然后二主用之哉？感于心，合于行，坚如胶漆，昆弟不能离，岂惑于众口哉？故偏听生奸，独任成乱。昔鲁听季孙之说逐孔子，宋任子冉之计囚墨翟。夫以孔、墨之辩，不能自免于谗谀，而二国以危。何则？众口铄金，积毁销骨也。秦用戎人由余而伯中国，齐用越人子臧而强威、宣。此二国岂系于俗，牵于世，系奇偏之浮辞哉？公听并观，垂明当世。故意合则胡越为兄弟，由余，子臧是矣；不合则骨肉为仇敌，朱、象、管、蔡是矣。今人主诚能用齐、秦之明，后宋、鲁之听，则五伯不足侔，而三王易为也。

是以圣王觉寤，捐子之之心，而不说田常之贤，封比干之后，修孕妇之墓，故功业覆于天下。何则？欲善亡厌也。夫晋文亲其雠，强伯诸侯；齐桓用其仇，而一匡天下。何则？慈仁殷勤，诚加于心，不可以虚辞借也。

至夫秦用商鞅之法，东弱韩、魏，立强天下，卒车裂之。越用大夫种之谋，禽劲吴而伯中国，遂诛其身。是以孙叔敖三去相而不悔，於陵子仲辞三公为人灌园。今人主诚能去骄傲之心，怀可报之意，披心腹，见情素，堕肝胆，施德厚，终与之穷达，无爱于士，则桀之犬可使吠尧，跖之客可使刺由，何况因万乘之权，假圣王之资乎！然则荆轲湛七族，要离燔妻子，岂足为大王道哉！

臣闻明月之珠，夜光之璧，以阍投人于道，众莫不按剑相眄者。何则？无因而至前也。蟠木根柢，轮囷离奇，而为万乘器者，以左右先为之容也。故无因而至前，虽出随珠和璧，祇怨结而不见德；有人先游，则枯木朽株，树功而不忘。今夫天下布衣穷居之士，身在贫羸，虽蒙尧、舜之术，挟伊、管之辩，怀龙逄、比干之意，而素无根柢之容，虽竭精神，欲开忠于当世之君，则人主必袭按剑相眄之迹矣。是使布衣之士不得为枯木朽株之资也。

是以圣王制世御俗，独化于陶钧之上，而不牵乎卑辞之语，不夺乎众多之口。故秦皇帝任中庶子蒙嘉之言，以信荆轲，而匕首窃发；周文王猎泾渭，载吕尚归，以王天下。秦信左右而亡，周用乌集而王。何则？以其能越挛拘之语，驰域外之议，独观乎昭旷之道也。

今人主沈谄谀之辞，牵帷廧之制，使不羁之士与牛骥同皁，此鲍焦所以愤于世也。

臣闻盛饰入朝者不以私污义，底厉名号者不以利伤行。故里名胜母，曾子不入；邑号朝歌，墨子回车。今欲使天下寥廓之士笼于威重之权，胁于位势之贵，回面污行，以事谄谀之人，而求亲近于左右，则士有伏死堀穴岩薮之中耳，安有尽忠信而趋阙下者哉。

译文：

臣子听说忠心不会得不到报答，诚实不会遭到怀疑，臣子曾经以为是这样，却只不过是空话罢了。从前荆轲仰慕燕太子丹的义气，以至感动上天出现了白虹横贯太阳的景象，太子丹却不放心他；卫先生为秦国策划趁长平之胜灭赵的计划，上天呈现太白星进入昴宿的吉相，秦昭王却怀疑他。精诚使天地出现了变异，忠信却得不到两位主子的理解，难道不可悲吗？现在臣子尽忠竭诚，说出全部见解希望您了解，大王左右的人却不明白，结果使我遭到狱吏的审讯，被世人怀疑。这是让荆轲、卫先生重生，而燕太子丹、秦昭王仍然不觉悟啊。希望大王深思明察。

从前卞和献宝，楚王砍掉他的脚；李斯尽忠，秦二世处他以极刑。因此箕子装疯，接舆隐居，是怕遭受这类祸害啊。希望大王看清卞和、李斯的本心，置楚王、秦二世的偏听于脑后，不要使臣子被箕子、接舆笑话。臣子听得比干被开膛破心，伍子胥死后被裹在马皮囊里扔进钱塘江，臣子原先不相信，今天才清楚了。希望大王深思明察，稍加怜惜。

俗话说："有相处到老还是陌生的，也有停车交谈一见如故的。"为什么？关键在于理解和不理解啊。所以樊於期从秦国逃到燕国，用自己的头交给荆轲来帮助太子丹的事业；王奢离开齐国投奔魏国，亲上城楼自杀来退齐军以保存魏。王奢、樊於期并非对齐、秦陌生而对燕、魏有久远的关系，他们离开前两个国家，为后两个国君效死，是因为行为与志向相合，他们无限地仰慕义气。因此苏秦不被天下各国信任，却为燕国守信而亡；白圭为中山国作战连失六城，到了魏国却能为魏攻取中山国。为什么？确实是因为有了君臣间的相知啊。苏秦做燕相时，有人向燕王说他坏话，燕王按着剑把发怒，用贵重的马肉给苏秦吃。白圭攻取中山国后很显贵，有人向魏文侯说他坏话，魏文侯赐给白圭夜光璧。为什么？两个君主两个臣子，互相敞开心扉、肝胆相照，岂能被不实之词所改变呢！

所以女子无论美不美，一进了宫都会遭到嫉妒；士无论贤不贤，一入朝廷都会遭到排挤。从前司马喜在宋国受膑刑，后来到中山国做了相；范雎在魏国被打断了肋骨敲折了牙齿，后来到秦国却封为应侯。这两个人，都自信一定会成功的计谋，丢弃拉帮结派的私情，依仗单枪匹马的交往，所以不可避免会受到别人的嫉妒。因此申徒狄自沉雍水漂入黄河，徐衍背负石头跳进大海，他们与世俗不相容，坚持操守而不肯苟且结伙在朝廷里改变君主的主意。所以百里奚在路上讨饭，秦穆公把国政托付给他；甯戚在车下喂牛，齐桓公委任他治国。这两个人，难道是向来在朝廷里做官，靠了左右亲信说好话，然后两位君主才重用他们的吗？心相感应，行动相符合，牢如胶漆，兄弟都不能离间他们，难道众人的嘴就能迷惑他们吗？所以偏听会产生奸邪，独断独行会造成祸患混乱。从前鲁国听信了季孙的坏话赶走了孔子，宋国采用了子冉的诡计囚禁了墨翟。凭孔子、墨翟的口才，还免不了受到谗言谀语的中伤，而鲁、宋两国则陷于危险的境地。为什么？众人的嘴足以使金子熔化，积年累月的诽谤足以使金子熔化，积年累月的诽谤是以使骨骸销蚀啊。秦国任用了戎人由余而称霸于中原，齐国用了越人子臧而威王、宣王两代强盛一时。这两个国家难道受俗见的束缚，被世人所牵制，为奇邪偏颇的不实之词所左右吗？听各种意见，看各个方面，为当时留下一个明智的榜样。所以心意相合就是胡人越人也可以视为兄弟，由余、子臧就是例子；心意不合就是亲骨肉也可以成为仇敌，丹朱、象、管叔、蔡叔就是例子。现在人主要是真能采取齐国、秦国的明智立场，置宋国、鲁国的偏听偏信于脑后，那么五霸将难以相比，三王也是容易做到的啊。

因此圣明的君王能够省悟，抛弃子之那种“忠心”，不喜欢田常那种“贤能”，像周武王那样封赏比干的后人，为遭纣王残害的孕妇修墓，所以功业才覆盖天下。为什么？行善的愿望从不以为够了。晋文公亲近往日的仇人，终于称霸于诸侯；齐桓公任用过去的敌对者，从而成就一匡天下的霸业。为什么？慈善仁爱情意恳切，确确实实放在心上，是不能用虚假的言辞来替代的。

至于秦国采用商鞅的变法，东边削弱韩、魏，顿时强盛于天下，结果却把商鞅五马分尸了。越王采用大夫种的策略，征服了强劲的吴国而称霸于中原，最后却逼迫大夫种自杀了。因此孙叔敖三次从楚国离开相位也不后悔，於陵子仲推辞掉三公的聘任去为人浇灌菜园。当今的君主真要能够去掉骄傲之心，怀着令人愿意报效的诚意，坦露心胸，现出真情，披肝沥胆，厚施恩德，始终与人同甘苦，待人无所吝惜，那么夏桀的狗也可叫它冲着尧狂吠，盗跖的部下也可以叫他去行刺许由，何况凭着君主的权势，借着圣王的地位呢！这样，那么荆轲灭七族，要离烧死妻子儿女，难道还值得对大王细说吗？

臣子听说明月珠、夜光璧，在路上暗中投掷给人，人们没有不按着剑柄斜看的。为什么？是因为无缘无故来到面前啊。弯木头、老树桩，屈曲得怪模怪样，倒能够成为君主的用具，是靠了君主身边的人先给它粉饰一番呀。所以无依无靠来到面前，即使献出随侯珠、和氏璧，也只能遭忌结怨而不会受到好报；有人先说好话，那枯木朽枝也会立下功勋而令人难忘。当今天下平民出身、家境贫穷的士人，即使胸中藏着尧、舜的方略，拥有伊尹、管仲的辩才，怀着关龙逢、比干的忠诚，可是从来没有老树桩子那种粉饰，虽然尽心竭力，想要向当世的君主打开一片忠贞之心，那么君主一定要蹈按着剑柄斜看的覆辙了。这就使平民出身的士人连枯木朽株的待遇也得不到了啊。

因此圣明的君主统治世俗，要有主见像独自在转盘上制造陶器一样，而不被讨好奉承的话牵着鼻子走，不因众说纷纭而改变主张。所以秦始皇听信了中庶子蒙嘉的话，因而相信了荆轲，而暗藏的匕首终于出现了；周文王出猎于泾水渭水之间，得到吕尚同车而回，从而取得了天下。秦轻信左右而灭亡，周任用素不相识的人而成王。为什么？因为文王能跨越卷舌聱牙的羌族语言，使不受任何局限的议论发表，自看到光明正大的道理。当今君主陷在阿谀奉承的包围之中，受到妃妾近侍的牵制，使思想不受陈规拘束的人才与牛马同槽，这就是鲍焦所以愤世嫉俗的原因。

臣子听说穿戴着华美服饰进入朝廷的人不用私心去玷污节操，修身立名的人不为私利去败坏行止。所以里闾以胜母为名，曾子就不肯进入；都邑以朝歌为名，墨子就回车而行。现在要使天下有远大气度的人才受到威重的权势的囚禁，受到尊位显贵的胁迫，转过脸去自坏操行，来侍奉进谗阿谀的小人，而求得亲近君主的机会，那么，士人只有隐伏老死在山洞草泽之中罢了，哪会有竭尽忠信投奔君主的人呢！

赏析：

一个人，当受到误解后，你怎么向人证明自己的清白和无辜？这篇文章，便是千古自证的雄文，作者不但去除了误解，还因祸得福。

纵观全文，正气凛然，悲愤激越，词采绚烂，富于感染力。用语婉转，态度恳切，逻辑严谨，结构周密，具有很强的说服力。文章以排比铺张为主要手段，“比物连类”，滔滔不绝，气势宏壮，是典型的战国文章的瑰丽风格。

邹阳遭受谗言，被系狱中，深感谗言之可恶、可畏。他要辩冤，就必须破谗解疑，取得梁孝王的信任。因此上书一开头就提出“忠信”二字，并就“忠而获罪，信而见疑”的问题展开论述。文章大量引用历史典故和运用比喻，这和梁王与羊胜、公孙诡的反叛活动还在密谋之中，“其事尚隐”，所以不能直言不讳有关系。全文共用典故 40 多个，涉及历史人物 60 多人，其中有因为忠信而获罪的，也有君臣契合、相知不疑的，有谗言害人的，不一而足，都不同程度地具有比喻和暗寓的作用。旁敲侧击，借他人之酒杯浇自己块垒，借替古人鸣冤来达到为自己辩冤的写法，是很高明的。文章还运用了大量通俗而深刻的比喻、谚语来说明他的论点，论证雄辩有力，情词恳切。

卓文君，汉代才女，西汉临邛（属今四川邛崃）人。

司马相如（约前179—前117），字长卿，巴郡安汉县（今四川省南充市蓬安县）人，一说蜀郡（今四川成都）人。西汉大辞赋家。司马相如是西汉盛世汉武帝时期杰出文学家、政治家。景帝时为武骑常侍，因病免。工辞赋，其代表作品为《子虚赋》。

与司马相如书

群华竞芳，五色绫素，琴尚在御，而新声代故。锦水有鸳，汉宫有木，彼木而亲，嗟世之人兮，瞀于淫而不悟。朱弦啮，明镜缺，朝露晞，芳弦歇，白头吟，伤离别，努力加餐毋念妾！锦水汤汤，与君永诀！

译文：

花儿争奇斗艳，绫绢五色斑斓，琴儿还在弹呵，却是新声换旧曲。锦水之上有鸳鸯，汉宫里面有丹青，树木亲密地并存呵，可叹那世人迷于淫色不醒悟。红色的琴弦已断，明亮的铜镜已缺，清晨的露水已干，美妙的弦歌已止。老来吟叹伤离别，望你保重莫念我，锦水滔滔，与你永别。

报卓文君书

五味虽甘，宁先稻黍。五色有烂，而不掩韦布。惟此绿衣，将执子之釜。锦水有鸳，汉宫有木。诵子嘉吟，而回予故步。当不令负丹青，感白头也。

译文：

五味虽然甘美，怎么赶得上充饥的稻子、糜子？五色绫素虽然光灿耀眼，却比不上御寒的皮布。我原准备娶的绿衣女，只配为你操操劳厨役。锦水之上有鸳鸯，汉宫里面有丹青，读了你的好诗，收回我的脚步。我不会辜负与我相亲相爱的妻，不会让你老来吟叹伤离别。

赏析：

这两封书信放在一起赏析，就是一个完整的爱情故事。

出身于贵族家庭的卓文君是卓王孙之女，青年丧夫之后，又与司马相如相爱，一同逃婚至成都，演绎了著名的夫唱妇随的千古爱情佳话，“文君当垆”的果敢，也激励了一代又一代追求婚恋自由的男女。他们俩的爱情故事，多被后世文人编为小说和戏曲，传颂至今。

后来，司马相如步步高升，做了大官之后，准备纳妾。其实，在封建社会，对于官员和士绅来说，纳妾是最常见的行为。但是，对于性格刚烈的卓文君来说，爱情是不能分享的，她不能接受丈夫再爱另一个女人，于是，在接到丈夫准备纳妾的消息后，写下《与司马相如书》，表达了自己反对的立场，信中的情感十分复杂，有情有怨，有惜有怜，她以退为进，主动提出与丈夫断绝夫妻关系，以成全丈夫的新欢。这封家书，反映了卓文君追求真正爱情的精神。全文以绫绢、鸳鸯、树木、铜镜、琴作比喻，借物言情，声情并茂。

而《报卓文君书》，则是司马相如在收到卓文君的信后的赠答，聪明的司马相如立即明白了妻子的心思，不同意自己纳妾，知道她吃醋了。司马相如开始后悔自己的鲁莽，立即复信，知错就改，对妻子大加赞美，并对自己的行为表示愧疚，安慰妻子不要担心，一定与之白头偕老。

比较有意思的是，司马相如同样以比喻入诗，以五味、稻子等作比，说自己准备娶的绿衣女，哪里配得上妻子你呢？和你相比，她只配到厨房里当杂役。然后又拍马屁说，读了你的好诗，我非常的后悔，决不会辜负你的爱。

虽然时过境迁，但是，人们对于爱情的追求却从来没变，无论是一夫多妻制的封建王朝，还是一夫一妻制的现代，人们都渴望拥有一份坚贞不渝的爱情。爱情是排他的，而且不能分享。明白这些，就可以理解这一对患难夫妻一唱一和的原因了。

司马迁（前145—前87?），字子长，西汉夏阳（今陕西韩城，一说山西河津）人，中国古代伟大的史学家、文学家，被后人尊为“史圣”。他最大的贡献是创作了中国第一部纪传体通史《史记》。《史记》记载了从上古传说中的黄帝时期，到汉武帝元狩元年，长达3000多年的历史，被鲁迅誉为“史家之绝唱，无韵之《离骚》”。

报任安书

太史公牛马走司马迁再拜言。少卿足下：曩者辱赐书，教以慎于接物，推贤进士为务。意气勤勤恳恳，若望仆不相师，而用流俗人之言。仆非敢如是也。请略陈固陋。阙然久不报，幸勿为过。

仆之先人，非有剖符丹书之功，文史星历，近乎卜祝之间，固主上所戏弄，倡优畜之，流俗之所轻也。假令仆伏法受诛，若九牛亡一毛，与蝼蚁何以异？而世又不与能死节者比，特以为智穷罪极，不能自免，卒就死耳。何也？素所自树立使然。人固有一死，或重于泰山，或轻于鸿毛，用之所趋异也。太上不辱先，其次不辱身，其次不辱理色，其次不辱辞令，其次诎体受辱，其次易服受辱，其次关木索、被棰楚受辱，其次剔毛发、婴金铁受辱，其次毁肌肤、断肢体受辱，最下腐刑极矣！传曰：“刑不上大夫。”此言士节不可不勉励也。猛虎处深山，百兽震恐，及在穽槛之中，摇尾而求食，积威约之渐也。

故士有画地为牢，势不入；削木为吏，议不对，定计于鲜也。今交手足，受木索，暴肌肤，受榜棰，幽于圜墙之中。当此之时，见狱吏则头枪地，视徒隶则心惕息。何者？积威约之势也。及以至是，言不辱者，所谓强颜耳，曷足贵乎！且西伯，伯也，拘于羑里；李斯，相也，具于五刑；淮阴，王也，受械于陈；彭越、张敖，南向称孤，系狱具罪；绛侯诛诸吕，权倾五伯，囚于请室；魏其，大将也，衣赭衣、关三木；季布为朱家钳奴；灌夫受辱居室。此人皆身至王侯将相，声闻邻国，及罪至罔加，不能引决自裁，在尘埃之中，古今一体，安在其不辱也！此言之，勇怯，势也；强弱，形也。审矣，何足怪乎？且人不能早自裁绳墨之外，已稍陵迟，至于鞭棰之间，乃欲引节，斯不亦远乎！古人所以重施刑于大夫者，殆为此也。

夫人情莫不贪生恶死，念亲戚，顾妻子；至激于义理者不然，乃有所不得已也。今仆不幸，早失父母，无兄弟之亲，独身孤立，少卿视仆于妻子何如哉？且勇者不必死节，怯夫慕义，何处不勉焉！仆虽怯懦，欲苟活，亦颇识去就之分矣，何至自沉溺累绁之辱哉！且夫臧获婢妾，犹能引决，况若仆之不得已乎？所以隐忍苟活，幽于粪土之中而不辞者，恨私心有所不尽，鄙陋没世，而文采不表于后也。

古者富贵而名摩灭，不可胜记，唯倜傥非常之人称焉。盖西伯拘而演《周易》；仲尼厄而作《春秋》；屈原放逐，乃赋《离骚》；左丘失明，厥有《国语》；孙子膑脚，《兵法》修列；不韦迁蜀，世传《吕览》；韩非囚秦，《说难》、《孤愤》；《诗》三百篇，大底圣贤发愤之所为作也。此人皆意有所郁结，不得通其道，故述往事，思来者。乃如左丘无目，孙子断足，终不可用，退而论书策，以舒其愤，思垂空文以自见。

仆窃不逊，近自托于无能之辞，网罗天下放失旧闻，略考其行事，综其终始，稽其成败兴坏之纪。上计轩辕，下至于兹，为十表、本纪十二、书八章、世家三十、列传七十，凡百三十篇。亦欲以究天人之际，通古今之变，成一家之言。草创未就，会遭此祸，惜其不成，是以就极刑而无愠色。仆诚已著此书，藏之名山，传之其人，通邑大都。则仆偿前辱之责，虽万被戮，岂有悔哉！然此可为智者道，难为俗人言也。

且负下未易居，下流多谤议。仆以口语遇遭此祸，重为乡党所笑，以污辱先人，亦何面目复上父母之丘墓乎？虽累百世，垢弥甚耳！是以肠一日而九回，居则忽忽若有所亡，出则不知其所往。每念斯耻，汗未尝不发背沾衣也。身直为闺合之臣，宁得自引深藏于岩穴邪？故且从俗浮沉，与时俯仰，通其狂惑。今少卿乃教以推贤进士，无乃与仆私心剌谬乎？今虽欲自雕琢，曼辞以自饰，无益于俗，不信，适足取辱耳。要之死日，然后是非乃定。书不能悉意，略陈固陋。谨再拜。

译文：

太史公、愿为您效犬马之劳的司马迁谨向您再拜致意。少卿足下：往日承蒙您写信给我，教导我务必慎重地待人接物，并推荐贤能之士。情意十分诚恳，似乎是抱怨我没有照你说的那样去做，而附和俗人的看法。我并非如此。请允许我谈谈自己固塞而鄙陋的想法。长时间没有答复你，希望你不要责怪。

我的先人，没有获得丹书、铁券那样的特大功勋，所从事的是起草文书、编写史料、记录天象、制定律历的工作，其职位接近于占卜之官和太祝之间，本来就是皇上所戏弄，当成乐师、优伶一样畜养的人，为流俗所轻视。假使我受到法律制裁被处死刑，就像九头牛身上失去一根毛一样，跟蝼蚁之死有什么不同？而世人又不会将我与能死节的人同等看待，只认为我智力穷尽，罪过极大，不能自己解脱，终于去死而已。为什么呢？这是自己平素所从事的职务所处的地位促成的。人总有一死，有的人死得比泰山还重，有的人死得比鸿毛还要轻，这是由于应用死节的地方不同的缘故。最上一等是不辱没先人，其次是不辱没自己，其次是颜面上不受辱，其次是辞令上不受辱，其次是被囚系受辱，其次是换上囚服受辱，其次是戴上刑具、挨打受辱，其次是剃掉头发、以铁索束颈受辱，其次是毁伤肌肤、断残肢体受辱，最下一等是遭腐刑，到极点了！《礼记》中说："对大夫不能用刑。"这是说士人不可不保持自己的节操。猛虎在深山的时候，所有的野兽都非常害怕它；待到被关进笼子里或落入陷阱之中，却摇尾向人讨吃的，这是人以威力逐步制服了它的结果。所以，对士人来说，即使是在地上画一座牢狱，那情势也叫人不敢进去；即使是一个木制的狱吏，也不敢跟它对质，必须在遇刑前自杀以免受辱。现在手和脚都被刑具束缚起来，脱掉衣服，接受杖责，关闭在四面墙壁之中。在这个时候，看见狱吏就以头碰地，看到狱卒就胆战心惊。为什么呢？这也是以威力制约逐步发展的结果啊。待到已经到了这一步，还说不受辱，不过是所谓“脸皮厚”罢了，哪里说得上尊贵呢？再说，西伯是一方诸侯之长，却被囚禁在里；李斯是丞相，备受五刑的处置；淮阴侯韩信是王，却在陈地被戴上刑具；彭越、张敖都曾高坐在王位上称孤道寡，后来又都被捕入狱；绛侯周勃诛杀吕氏党羽，权力之大超过了春秋时期的五位霸主，后来被囚禁在特设的监狱“请室”之中；魏其侯窦婴曾任大将，后来也穿上了罪人衣服，手、脚、脖子上都加了刑具；项羽的大将季布，后来剃光了头，以铁圈束颈当了朱家的奴隶；灌夫曾在拘留室里受到侮辱。这些人都身居王侯将相的地位，邻近国家都知道他们的名声，一旦有罪受到法律制裁，而不能自杀。落入微尘一般轻贱的境地，从古至今都是如此，怎能不受侮辱呢？由此说来，勇敢或怯懦，坚强或软弱，都是由形势决定的。明白了这个道理，还有什么值得奇怪的呢？一个人不能早在遇刑前就自杀，因而渐渐志气衰微，待到受杖刑，这才想到要死于名节，离名节不是太远了吗？古人之所以对大夫施刑很慎重，大概是由于这个缘故啊。

就人的本性而言，没有不贪生厌死的，难免要怀念父母和妻子儿女；至于为正义和公理所激奋的人，则不是这样，那是因为有所不得已的缘故。现在我不幸，早年失去了父母，又没有亲兄弟，独自一人，至于对妻子儿女怎么样，少卿是看得出来的吧？况且勇士不一定死于名节，而怯懦的人仰慕道义，则随时随地都可以勉励自己不受辱。我虽然怯懦，想苟全性命，却很懂得舍生取义的道理，何至于甘心接受绳捆索绑的侮辱呢！再说，奴婢侍妾一类人，尚且能自杀而不受辱，何况我是不得已啊？我之所以含垢忍辱，苟且偷生，情愿被囚禁在粪土一般的牢狱之中，是因为我的心愿尚未完全实现，耻于默默无闻而死，而文采不能显露给后世的人们。

古代拥有财富、尊位而姓名埋没的人，不可胜数，只有卓越超群的人才为后人所称道。文王被拘禁在里时推演了《周易》；孔子在困穷的境遇中编写了《春秋》；屈原被流放后创作了《离骚》；左丘明失明后写出了《国语》；孙膑被砍去了膝盖骨，编著了《兵法》；吕不韦被贬放到蜀地，有《吕氏春秋》流传世上；韩非被囚禁在秦国，写下了

《说难》《孤愤》；至于《诗经》三百篇，也大多是圣贤们为抒发郁愤而写出来的。所有这些作者都是心中感到抑郁不舒畅，他们的思想观念不被当时的人们接受，所以叙述所经历的事情，让后世了解自己。例如左丘明眼瞎了，孙膑的腿断了，毕竟不能为世所用，于是回家著书，抒发心中的郁愤，想留下文字来表现自己的思想。

我不自量力，近来将自己的心愿寄托在无用的言辞上，搜集世上散失的文献，粗略地考证历史人物的所作所为，统观他们由始至终的过程，考查他们成功、失败、兴起、衰败的规律，上起轩辕黄帝，下到如今，写成表十篇，本纪十二篇，书八章，世家三十篇，列传七十篇，共计一百三十篇。也想用来探究天道和人事的规律，弄清从古至今的历史发展过程，成就一家的学说。此书已经起草，尚未完成，就碰上这桩祸事，惋惜它没有写成，因此宁愿接受宫刑而没有怨怒的表情。我确实想完成这本书，把它暂时藏在名山之中，以后再传给跟自己志同道合的人，使它流行于大都会，这样我就补偿了前番下狱受刑所遭到的侮辱，即使一万次遭到杀戮，哪里有悔恨呢！可是，这番话只能说给有见识的人听，对俗人就难说了。

况且，在负罪的情况下不容易处世，身处卑贱，受到的非议和指责也就很多。我因为对皇帝说话不谨慎而遭到这桩祸事，深深地被邻里同乡所耻笑，以致先人蒙受污辱，还有什么颜面再为父母扫墓呢？即使再过一百代，也只是耻辱更甚而已！因此我心事重重，极为痛苦，在家时总是恍恍惚惚，好像丢失了什么，出外时又不知要到什么地方去。每想到这桩奇耻大辱，没有一次不是汗流浃背，将衣湿透！我现在身为皇宫里的小臣，怎么能离开皇宫去过山居穴处的隐士生活呢？所以，我只好随波逐流，按照时代的风气行事，用来抒发内心的悲愤。如今少卿却教导我推荐贤能之士，这岂不跟我私下的愿望相违背吗？尽管我也想打扮自己，用美妙的言辞粉饰自己，可这对世俗没有好处，不能取信于人，恰恰是只能招致侮辱罢了。总之，到死的那一天，然后是非才会有个定论。这封信不能详尽地表达我的意思，只能简略地说说一些固塞而鄙陋的想法。谨再次致意。

赏析：

《报任安书》可能是司马迁所有书信中最有名气的一篇了。很多不得志的人，在危险时刻，常常把此文当做励志的佳作。这篇书信是司马迁任中书令时写给他的朋友任安的一封信，见于《汉书·司马迁传》及《文选》卷四十一。

任安，西汉荥阳人，年轻时比较贫困，后来做了大将军卫青的舍人，由于卫青的荐举，当了郎中，后迁为益州刺史。在征和二年（公元前91年）朝中发生巫蛊之乱，江充乘机诬陷戾太子（刘据），戾太子发兵诛杀江充等，与丞相（刘屈氂）军大战于长安，当时任安担任北军使者护军（监理京城禁卫军北军的官），乱中接受戾太子要他发兵的命令，但按兵未动。戾太子事件平定后，汉武帝认为任安“坐观成败”，“怀诈，有不忠之心”，论罪腰斩。任安入狱后曾写信给司马迁，希望他“尽推贤进士之义”，搭救自己。直到任安临刑前，司马迁才写了这封著名的回信。

在这封信中，司马迁以无比愤激的心情，叙述自己蒙受的耻辱，倾吐他内心的痛苦和不满，说明自己“隐忍苟活”的原因，表达“就极刑而无愠色”、坚持完成《史记》的决心，同时也反映了他的文学观和生死观。所以，这封信是一篇研究《史记》和司马迁的生活、思想的重要文章。

李陵（？—前74），字少卿，汉族，陇西成纪（今甘肃静宁南）人。西汉将领，李广之孙。曾率军与匈奴作战，战败投降匈奴，汉朝夷其三族，致使其彻底与汉朝断绝关系。

答苏武书

子卿足下：勤宣令德，策名清时，荣问休畅，幸甚幸甚。远托异国，昔人所悲，望风怀想，能不依依？昔者不遗，远辱还答，慰诲勤勤，有逾骨肉，陵虽不敏，能不慨然？

自从初降，以至今日，身之穷困，独坐愁苦。终日无睹，但见异类。韦鞲毳幕，以御风雨；羶肉酪浆，以充饥渴。举目言笑，谁与为欢？胡地玄冰，边土惨裂，但闻悲风萧条之声。凉秋九月，塞外草衰。夜不能寐，侧耳远听，胡笳互动，牧马悲鸣，吟啸成群，边声四起。晨坐听之，不觉泪下。嗟乎子卿，陵独何心，能不悲哉！

与子别后，益复无聊，上念老母，临年被戮；妻子无辜，并为鲸鲵；身负国恩，为世所悲。子归受荣，我留受辱，命也如何？身出礼义之乡，而入无知之俗；违弃君亲之恩，长为蛮夷之域，伤已！令先君之嗣，更成戎狄之族，又自悲矣。功大罪小，不蒙明察，孤负陵心区区之意。每一念至，忽然忘生。陵不难刺心以自明，刎颈以见志，顾国家于我已矣，杀身无益，适足增羞，故每攘臂忍辱，辄复苟活。左右之人，见陵如此，以为不入耳之欢，来相劝勉。异方之乐，只令人悲，增忉怛耳。

嗟乎子卿，人之相知，贵相知心，前书仓卒，未尽所怀，故复略而言之。

昔先帝授陵步卒五千，出征绝域。五将失道，陵独遇战，而裹万里之粮，帅徒步之师；出天汉之外，入强胡之域；以五千之众，对十万之军；策疲乏之兵，当新羁之马。然犹斩将搴旗，追奔逐北，灭迹扫尘，斩其枭帅，使三军之士，视死如归。陵也不才，希当大任，意谓此时，功难堪矣。匈奴既败，举国兴师。更练精兵，强逾十万。单于临阵，亲自合围。客主之形，既不相如；步马之势，又甚悬绝。疲兵再战，一以当千，然犹扶乘创痛，决命争首。死伤积野，余不满百，而皆扶病，不任干戈，然陵振臂一呼，创病皆起，举刃指虏，胡马奔走。兵尽矢穷，人无尺铁，犹复徒首奋呼，争为先登。当此时也，天地为陵震怒，战士为陵饮血。单于谓陵不可复得，便欲引还，而贼臣教之，遂使复战，故陵不免耳。

昔高皇帝以三十万众，困于平城。当此之时，猛将如云，谋臣如雨，然犹七日不食，仅乃得免。况当陵者，岂易为力哉？而执事者云云，苟怨陵以不死。然陵不死，罪也；子卿视陵，岂偷生之士而惜死之人哉？宁有背君亲，捐妻子而反为利者乎？然陵不死，有所为也，故欲如前书之言，报恩于国主耳，诚以虚死不如立节，灭名不如报德也。昔范蠡不殉会稽之耻，曹沫不死三败之辱，卒复勾践之仇，报鲁国之羞，区区之心，窃慕此耳。何图志未立而怨已成，计未从而骨肉受刑，此陵所以仰天椎心而泣血也。

足下又云："汉与功臣不薄。"子为汉臣，安得不云尔乎？昔萧樊囚絷，韩彭菹醢，晁错受戮，周魏见辜。其余佐命立功之士，贾谊亚夫之徒，皆信命世之才，抱将相之具，而受小人之谗，并受祸败之辱，卒使怀才受谤，能不得展。彼二子之遐举，谁不为之痛心哉？陵先将军，功略盖天地，义勇冠三军，徒失贵臣之意，刭身绝域之表。此功臣义士所以负戟而长叹者也。何谓不薄哉？且足下昔以单车之使，适万乘之虏。遭时不遇，至于伏剑不顾；流离辛苦，几死朔北之野。丁年奉使，皓首而归；老母终堂，生妻去帷。此天下所希闻，古今所未有也。蛮貊之人，尚犹嘉子之节，况为天下之主乎？陵谓足下当享茅土之荐，受千乘之赏。闻子之归，赐不过二百万，位不过典属国，无尺土之封，加子之勤。而妨功害能之臣，尽为万户侯；亲戚贪佞之类，悉为廊庙宰。子尚如此，陵复何望哉？且汉厚诛陵以不死，薄赏子以守节，欲使远听之臣望风驰命，此实难矣，所以每顾而不悔者也。陵虽孤恩，汉亦负德。昔人有言："虽忠不烈，视死如归。"陵诚能安，而主岂复能眷眷乎？男儿生以不成名，死则葬蛮夷中，谁复能屈身稽颡，还向北阙，使刀笔之吏弄其文墨邪？愿足下勿复望陵。

嗟乎子卿，夫复何言？相去万里，人绝路殊。生为别世之人，死为异域之鬼。长与足下，生死辞矣。幸谢故人，勉事圣君。足下胤子无恙，勿以为念。努力自爱，时因北风，复惠德音。李陵顿首。

译文：

子卿足下：您辛勤地宣扬美德，在太平盛世当官，美名流传于四方，真是值得庆幸啊！我流落在远方异国，这是前人所感悲痛的。遥望南方，怀念故人，怎能不满含深情？以前承蒙您不弃，从远处赐给我回音，殷勤地安慰、教诲，超过了骨肉之情。我虽然愚钝，又怎能不感慨万端？

我自从投降以来，身处艰难困境，一人独坐，愁闷苦恼。整天看不见别的，只见到些异族之人。我戴不惯皮袖套，住不惯毡幕，也只能靠它们来抵御风雨；吃不惯腥膻的肉，喝不惯乳浆，也只能用它们来充饥解渴。眼看四周，有谁能一起谈笑欢乐呢？胡地结着厚厚的坚冰，边塞上的土被冻得裂开，只听见悲惨凄凉的风声。深秋九月，塞外草木凋零，夜晚不能入睡，侧耳倾听，胡笳声此起彼伏，牧马悲哀地嘶叫，乐曲声和嘶鸣声相混，在边塞的四面响起。清晨坐起来听着这些声音，不知不觉地流下泪水。唉，子卿，我难道是铁石心肠，能不悲伤？

同您分别以后，更加无聊。上念老母，在垂暮之年还被杀戮；妻子、儿女们是无罪的，也一起惨遭杀害。我自己辜负了国家之恩，被世人所悲怜。您回国后享受荣誉，我留此地蒙受羞辱。这是命中注定，有什么办法？我出身于讲究礼义的国家，却进入对礼义茫然无知的社会。背弃了国君和双亲的恩德，终身居住在蛮夷的区域，真是伤心极了！让先父的后代，变成了戎狄的族人，自己怎能不感到悲痛。我在与匈奴作战中功大罪小，却没有受到公正的评价，辜负了我微小的诚意，每当想到这里，恍惚之中仿佛失去了对生存的留恋。我不难刺心来表白自己，自刎来显示志向，但国家对我已经恩断义绝，自杀毫无益处，只会增加羞辱。因此常常愤慨地忍受侮辱，就又苟且地活在世上。周围的人，见我这样，用不中听的话来劝告勉励，可是，异国的快乐，只能令人悲伤，增加忧愁罢了。

唉，子卿！人们的相互了解，贵在相互知心。前一封信匆忙写成，没有能够充分表达我的心情，所以再作简略叙述。

从前先帝授予我步兵五千，出征远方。五员将领迷失道路，我单独与匈奴军遭遇作战，携带着供征战万里的粮草，率领着徒步行军的部队；出了国境之外，进入强胡的疆土；以五千士兵，对付十万敌军；指挥疲惫不堪的队伍，抵挡养精蓄锐的马队。但是，依然斩敌将，拔敌旗，追逐败逃之敌。在肃清残敌时，斩杀其骁勇将领，使我全军将士，都能视死如归。我没有什么能耐，很少担当重任，内心暗以为，此时的战功，是其他情况下所难以相比的了。匈奴兵败后，全国军事动员，又挑选出十万多精兵。单于亲临阵前，指挥对我军的合围。我军与敌军的形势已不相称，步兵与马队的力量更加悬殊。疲兵再战，一人要敌千人，但仍然带伤忍痛，奋勇争先。阵亡与受伤的士兵遍地都是，身边剩下的不满百人，而且都伤痕累累，无法持稳兵器。但是，我只要振臂一呼，重伤和轻伤的士兵都一跃而起，拿起兵器杀向敌人，迫使敌骑逃奔。兵器耗尽，箭也射完，手无寸铁，还是光着头高呼杀敌，争着冲上前去。在这时刻，天地好像为我震怒，战士感奋地为我饮泣。单于认为不可能再俘获我，便打算引军班师，不料叛逃的邪臣管敢出卖军情，于是使得单于重新对我作战，而我终于未能免于失败。

以前高皇帝率领三十万大军，被匈奴围困在平城。那时，军中猛将如云，谋臣如雨，然而还是七天断粮，只不过勉强脱身而已。何况像我这样的人，难道就容易有所作为吗？而当权者却议论纷纷，一味怨责我未能以死殉国。不过我未以死殉国，确是罪过；但您看我难道是贪生怕死的小人吗？又哪里会有背离君亲、抛弃妻儿却反而以为对自己有利的人？既然如此，那么，我之所以不死，是因为想有所作为。本来是想如前一封信上所说的那样，要向皇上报恩啊。实在因为徒然死去不如树立名节，身死名灭不如报答恩德。前代范蠡不因会稽山投降之耻而殉国，曹沫不因三战三败之辱而自杀，终于，范蠡为越王勾践报了仇，曹沫为鲁国雪了耻。我一点赤诚心意，就是暗自景仰他们的作为。哪里料到志向没有实现，怨责之声已四起；计划尚未实行，亲人作刀下之鬼，这就是我面对苍天椎心泣血的原因啊！

您又说道："汉朝给功臣的待遇并不菲薄。"您是汉朝之臣，怎能不说这种话？可是，以前萧何、樊哙被拘捕囚禁，韩信、彭越被剁成肉酱，晁错被杀，周勃、魏其侯被判罪处刑。其余辅助汉室立下功劳的人士，如贾谊、周亚夫等人，都确实是当时杰出的人才，具备担任将相的能力，却遭受小人的诽谤，他们都受迫害、屈辱，其事业也告失败。最终使有才之人遭到诋毁，才能无法施展。他们二人的遭遇，谁不为之痛心呢？我已故的祖父李广，身任将军，其功绩略谋盖天地，忠义勇气冠于全军，只是因为不屑迎合当朝权贵的心意，结果在边远的疆场自杀身亡。这就是功臣义士手持兵刃叹息不止的原因。怎么能说待遇"不薄"呢？您过去凭着单车出使到拥有强兵的敌国，逢上时运不佳，竟至伏剑自刎也不在乎；颠沛流离，含辛茹苦，差点死在北方的荒野。壮年时奉命出使，满头白发而归，老母在家中亡故，妻子也改嫁离去。这是天下很少听到的，古今所没有的遭遇。异族未开化的人，尚且还称赞您的节气，何况是天下的君主呢？我认为您应当享受封领地、赏千乘的诸侯待遇。可是，听说您回国后，赏赐不过二百万，封官不过典属国之职，并没有一尺土的封赏，来奖励您多年来对国家的效忠。而那些排斥功臣、扼杀人才的朝臣，都成了万户侯；皇亲国戚或奉迎拍马之流，都成了朝廷政权的主宰。您尚且如此，我还有什么希望呢？像这样，汉朝因为我未能死节而施以严厉的惩罚，您坚贞守节又只给予微薄的奖赏，要想叫远方的臣民急切地投奔效命，这实在是难以办到的，所以我常常想到这事却不觉得后悔。我虽然辜负了汉朝的恩情，汉朝也亏对了我的功德。前人说过这样的话："即使忠诚之心不被世人遍知，也能做到视死如归。"但如果我能够安心死节，皇上难道就能对我有眷顾之情吗？男子汉活着不能成就英名，死了就让他埋葬在异族之中吧，谁还能再弯腰下拜，回到汉廷，听凭那帮刀笔吏舞文弄墨、随意发落呢？希望您不必再盼着我归汉了。

唉，子卿！还有什么话可说？相隔万里之遥，人的身份不同，人生道路也迥然相异。活着时是另一世间的人，死后便成了异国鬼魂。我和您永诀，生死都不得相见了。请代向老朋友们致意，希望他们勉力事奉圣明的君主。您的公子很好，不要挂念。愿您努力自爱，更盼您时常依托北风的方便不断给我来信。李陵顿首。

赏析：

在中国古代史上，李陵是一个悲剧性的人物。李陵出身军事将领家庭，祖父是著名的飞将军李广，父亲也在盛年死去，他自少年从军，一直到病死他乡，都以军旅为业。

当年浚稽山一战，李陵以五千士卒力战匈奴十万大军，因叛徒出卖而兵败，最后降于匈奴。再后来，汉武帝轻信公孙敖所言，诛灭李陵家族至亲，让一心报国的李陵倍感心寒。但是，为了避免汉朝受匈奴兵扰，李陵还是派人暗杀了为匈奴人练兵的汉朝军官李绪。也是因为李绪，李陵无辜地背上了罪名。匈奴单于佩服李陵的大丈夫气概和军事才能，嫁女给他，留做军官。李陵和若干年前西使的苏武一样，开始了在异域的屈辱生活。从苏武牧羊到李陵流落北国，他们相同的命运，让两人产生了惺惺相惜的共鸣。

这篇文章，是李陵给好友苏武的回信，在信里叙述了在异域的生活，以及当年战场的情况，并说明了自己不再归汉的原因。本文以情动人，推心置腹，不禁让人潸然泪下。

特别是信中战斗场面写得极有声色，这是要说明，当时因为双方兵力悬殊，己方将帅的不顾大局，以及后来武帝处置失当（诛杀李陵全家），所以，他的投降完全是出于不得已，进而使读者产生同情；此外，屡用强烈对比，如身处异域而怀念故土，以寡兵深入众敌而浴血奋战，苏武持节荣归而他居人篱下，由此产生了强烈的艺术效果。

刘向（约前77—前6），字子政，沛县（今江苏沛县）人。汉朝经学家、目录学家和文学家。

戒子歆书

告歆无忽：若未有异德，蒙恩甚厚，将何以报？董生有云："吊者在门，贺者在闾。"言有忧则恐惧敬事，敬事则必有善功，而福至也。又曰："贺者在门，吊者在闾。"言受福则骄奢，骄奢则祸至，故吊随而来。齐顷公之始，藉霸者之余威，轻侮诸侯，蹇之容，故被鞍之祸，遁服而亡，所谓"贺者在门，吊者在闾"也。兵败师破，人皆吊之，恐惧自新，百姓爱之，诸侯皆归其所夺邑，所谓"吊者在门，贺者在闾"也，今若年少，得黄门侍郎，要显处也。新拜皆谢，贵人叩头，谨战战栗栗，乃可必免。

译文：

写信给歆儿，你要仔细阅读：你没有什么显赫的功德却蒙受很深的恩惠，将怎么报答呢？董仲舒说："吊哀之人登家门，贺喜之人已经在门里了。"这说的是，一个人有忧虑的事，就会心怀恐惧，恭敬从事。恭敬从事，一定会有好的结果，幸福也就随之而来。他又说："贺喜之人登家门，吊哀之人已经在门里了。"这是说，一个人一旦享福，就会骄傲放纵，而骄傲放纵就一定会有灾祸，因此，吊哀的人随之而来。春秋时，齐顷公开始凭借霸主的余威，轻视侮辱邻国诸侯，嘲笑跛子郤克，因此蒙受鞍之战的祸害，只好改换服装下车逃走。真应了"贺喜之人登家门，吊哀之人已经在门里了"那句话。齐顷公打了败仗，人们都为他悲哀，他从此诚惶诚恐，改正自新，百姓爱戴他，诸侯都把夺来的齐国的土地归还给他。这就是"吊哀之人登家门，贺喜之人已经在门里了。”你年轻尚轻，就已经是黄门侍郎。这是显要的职位。新就职的官要都要向你道喜，地位高贵的人也要向你叩头，你要谨慎小心翼翼地办事，才可免于祸事。

赏析：

谦逊是一种美德，这不仅仅是道德上的要求，也是日常行为准则。

很难想象，一个骄横野蛮目中无人的人，在生活里会有什么样的朋友。花无百日红，人无千日好，人生福祸相倚，高处不胜寒，即使那些生于帝王将相家的人，也往往人生难落得美满，甚至被仇家追杀。比如明末清初的画家石涛，本是明朝宗宝，但自幼年就隐姓埋名，躲在寺院内，一直到老年，才敢暴露自己的真实姓名。

人生如海，潮起潮落。一如红日，东升西落，万物如此，总会盛极而衰，人在志得意满的时候，不忘记穷朋友，而在人生低落时，也自然会有富贵者相助。但是，人在得意的时候，往往喜欢昂着头走路，而忘记脚下的羁绊，往往露出破绽，让小人得手，这时候，再去思考什么谦虚和虚怀若谷，已经晚了。位居高位的刘向，在儿子刘歆获得黄门侍郎显职后，刘向预感，前来祝贺道谢的人肯定会很多，这种门前车水马龙的景象，让他很担心自己的儿子在赞美声中，失去方向，所以，手书此信，警戒儿子，要明白福祸相倚的道理，虽然现在位居显位，更要谨慎自守，以免引来不测之祸。

马援（公元前14—49），字文渊，东汉茂陵（今陕西兴平）人。新莽末年为新城太守，后归顺东汉光武帝刘秀，因功被封为陇西太守，拜伏波将军。

诫兄子严、敦书

吾欲汝曹闻人过失，如闻父母之名：耳可得闻，口不可得言也。好议论人长短，妄是非正法，此吾所大恶也：宁死，不愿闻子孙有此行也。汝曹知吾恶之甚矣，所以复言者，施衿结缡，申父母之戒，欲使汝曹不忘之耳！

龙伯高敦厚周慎，口无择言，谦约节俭，廉公有威。吾爱之重之，愿汝曹效之。杜季良豪侠好义，忧人之忧，乐人之乐，清浊无所失。父丧致客，数郡毕至。吾爱之重之，不愿汝曹效也。效伯高不得，犹为谨敕之士，所谓‘刻鹄不成尚类鹜’者也。效季良不得，陷为天下轻薄子，所谓‘画虎不成反类狗’者也。讫今季良尚未可知，郡将下车辄切齿，州郡以为言，吾常为寒心，是以不愿子孙效也。

译文：

我希望你们听到别人的过失，就像听到父母的名字一样，耳朵可以听，口里不能说。喜欢议论人家的长短，胡乱评论时政，这是我最讨厌的。我宁可死也不愿意听说子孙们有这样的行为。你们已经知道我对这种行为十分讨厌，我之所以再说一遍，不过是像女儿出嫁时，给她系好衣襟、结好佩巾，再三说明父母的告诫，想使你们不要忘记这一点就是了。

龙伯高为人忠厚、周密、谨慎，口里不谈他人的是非，他谦逊、节俭、廉洁、公正，很有威望，我喜欢他、敬重他，希望你们向他学习。

杜季良为人豪爽，好讲侠义，为别人的忧愁而忧愁，为别人的快乐而快乐，品德高洁的人和品德卑污的人都不得罪，他父亲死后，好几个郡的客人都来吊唁，我喜爱他、敬重他，但不愿你们向他学习。

学不到伯高的为人，还可以成为一个谨慎、勤勉的人，就是常说的雕不成一只天鹅还像个鸭子。学不到季良的为人，便陷落为天下的轻薄子弟，就是常说的老虎没有画成反倒像个狗子。至今季良的前途还不能预料，郡将一到任就对他切齿痛恨，州郡里的人都把他当做谈话的材料，我常常为他感到寒心，因此不愿子孙们向他学习。

赏析：

这封信是马援写给他两个侄子马严、马敦的信。马严、马敦兄弟俩喜欢议论别人的长短，和一些浪荡公子来往，行为不检，马援在南征交趾时，写了这封信给两个侄子。身为长辈，马援的口吻很严肃而尖锐，开篇点题，直点两个侄子的缺点，并表明自己的态度。以龙伯高、杜季良等人为例，叮嘱他们做人要谨慎自谦，不要骄奢淫逸。

闲谈莫论人非，静坐常思己过。祸从口出，能口吐莲花，发出春光般的赞美，也能如寒霜冷箭，杀人于无影之间，多余的口舌和议论是万祸之源。一个人，如果把目光总投在自己身边的人或不相干的人身上，习惯于在别人身上挑刺，那么他要么是不快乐的，要么是尖酸刻薄之人。宽厚仁义的人，会方法适当地指出别人的缺点，但仍留有余地，至少不让别人太难堪。

生活里，什么样的人朋友最多？一定是那些待人真诚，对人真爱的人，他们为人质朴、淳厚、节俭、廉洁、谨慎而言行合度，这样的人就像文中所写的龙伯高。也是马援希望两个侄子学习和效仿的人。

而文中的杜季良，为人豪侠仗义，与别人共忧乐，喜欢与各式各样的人交往，但是，马援并不希望侄子学习杜季良，因为，如果效仿不成，只会“画虎不成反类犬”了。因为恃才仗义，难免受人嫉妒，所以，在新的郡守才到任的时候，杜季良已经因为“名声在外”，受到新郡守的记恨了。

李固（94—147），字子坚，汉中南郑人。年轻时便以学问而著名，曾担任荆州刺史及泰山郡太守、大匠及大司农，他坚决与梁冀一派腐朽势力作斗争，后被梁冀诬告杀害。

遗黄琼书

闻已渡伊洛，近在万岁亭，岂即事有渐，将顺王命乎？盖君子谓：“伯夷隘，柳下惠不恭”，故传曰：“不夷不惠，可否之间”。盖圣贤居身之所珍也。诚遂欲枕山栖谷，拟迹巢、由，斯则可矣。若当辅政济民，今其时也。自生民以来，善政少而乱俗多，必待尧舜之君，此为志士，终无时矣。

常闻语曰：“峣峣者易折，皦皦者易污。”阳春之曲，和者必寡；盛名之下，其实难副。近鲁阳樊君，被征初至，朝廷设坛席，犹待神明。虽无大异，而言行所守，亦无所缺，而毁谤布流，应时折减者，岂非观听望深，声名太盛乎？自顷征聘之士，胡元安、薛孟尝、朱仲昭、顾季鸿等，其功业皆无所采。是故俗论皆言处士纯盗虚声。愿先生弘此远谟，令众人叹服，一雪此言耳。

译文：

听说你已经渡过了伊水洛水，快到万岁亭了。难道不正是事情有了转机，将顺应王命吗？因为孟子说过：“伯夷狭隘，柳下惠傲慢不恭敬。”所以流传说：“不做伯夷也不学柳下惠，能不能折中呢？”大概这就是君子立身处世所重视的，确实顺遂自己的心愿，隐居在山谷之中，打算效仿巢父和许由，这样也可以。如果想要辅佐政事救助百姓，现在正是时候。自从有百姓以来，治理清明的少而处于乱世的多，必定要等待像尧舜那样的圣明之君，这是有意志有节操的人，但终究没有时机。

常常听说性情刚直卓尔不群的人，往往容易横遭物议；品行高洁如玉石之白者，最容易受到污损。高雅如《阳春》这样的曲子，能应和的人一定很少，名望很大的人；实际的才德常常是很难跟名声相符。最近鲁阳的樊君，被朝廷征召，刚到的时候，朝廷隆重的筑坛设坐席，如同对待神明一般。虽然他没有很特殊的才能，但是他言行表现出的节操，也没有很大的缺损。但是四处散布诽谤，随着时间而减少的人，难道不是看到听到的怨恨深重、名声太显赫吗？近来征召如胡元安、薛孟尝、朱仲昭、顾季鸿等人，他们的功绩事业都没有出众的地方。所以民间都议论那些有才德而隐居不仕的人其实纯粹是沽名钓誉。希望先生您推广深远的谋略，让众人都赞叹佩服，一举洗刷这话的耻辱。

赏析：

这篇文章是劝人建功立业的精品之作。东汉后期，朝政纷乱，有识之士希望能聚集英才，参与治政，挽回颓势，因此纷纷向朝廷荐才。黄琼也被推荐，受汉顺帝之召，但他走到半路，托病不去了。李固平时很敬佩黄琼，听说这件事后，就写信鼓励黄琼积极参与国事，建立功业，来证明自己的实际才能，并指出有些欺世盗名之徒，被征召后无所建树，使朝野失望，误国误民，以此来激励和督促黄琼。后来黄琼听从了李固的劝说，果然对朝政起了相当作用，官至太尉、司空。信中古今引征，正反衬托，饱含激励劝勉之情，呼吁有美好名声的人，赶快投入到实际的事务中去，创建自己的真才实学。

窦玄妻，东汉人，生卒年不详。

与夫窦玄别书

弃妻斥女，敬白窦生：卑贱鄙陋，不如贵人。妾日已远，彼日已亲。何所告诉，仰呼苍天。悲哉窦生！衣不厌新，人不厌故。悲不可忍，怨不自去。彼独何人，而居吾处！

译文：

作为一个被遗弃的妻子，被排斥的女人警告窦生：我出身卑贱，本人粗俗丑陋，比不上尊贵的公主。我一天天被你疏远，那个人却一天天被你亲近。我向谁诉说呢？只有仰面呼唤苍天。可悲啊，窦生！俗话说："衣服越新越好，朋友越老越好。"我悲痛难忍，怨恨难消。她是什么人，却占据我的位置！

赏析：

说来，真是一个幽默，写这篇家书的女人，在中国历史上，竟然没有留下自己的名字，只有一个身份，就是某某人的妻子。但是，这个女人，却因为这短短的家书，留在了浩如烟海的典籍里。而且，这还是一篇充满悲愤的抱怨的家书。

窦玄，字叔平，东汉平陵人，生平不详。因为长相俊美，被皇帝看上，许配公主给他，于是，他的发妻被无缘无故遗弃了。面对丈夫喜新厌旧的行为，窦玄的结发妻子，在悲愤凄婉之中，愤笔写下这封家书，短短的家书，只有几行字，全是四言句子，句式整齐，语言简练。

说到封建婚姻，就想多说几句。在中世纪之前，女人在家庭生活里，应该是不占什么主要地位的，大多数以生儿育女相夫教子为业，参与社会活动的可能性极小，对男人的依附较多，一旦遭弃，生活无着，十分悲惨。由此可想而知，本来美满的婚姻生活，被人夺爱，当然充满激愤。特别是最后一句“彼独何人，而居吾处”，翻译过来就是：她是个什么东西啊，竟然抢了我的位置。

张奂（104—181），敦煌渊泉人（今甘肃安西县东）人，字然明，东汉大将。能文善武。

戒兄子书

汝曹薄佑，早失贤父，财单艺尽，今适喘息。闻保祉轻傲耆老，侮狎同年，极口恣意。当崇长幼，以礼自持。闻敦煌有人来，同声相道，皆称叔时宽仁。闻之喜而且悲——喜叔时得美称，悲汝得恶论。

经言：孔子乡党，恂恂如也。恂恂者，恭谦之貌也。经难知，且自以汝资父为师，——汝父宁轻乡里耶？年少多失，改之为贵。蘧伯玉年五十，见四十九年非，但能改之。不可不思吾言，不自克责，反云："张甲谤我，李乙怨我，我是无过。"尔亦已矣！

译文：

天不保佑，你们兄弟很小的时候丧父，家资微薄，能力有限，现在困境略有转机。我听说仲祉轻视乡中老年人，侮辱、戏弄同辈人，信口胡说。你应当崇尚人们之间交往的礼节，用礼节约束自己。听说有人从敦煌来，异口同声都称赞叔时宽厚仁慈。听到这些，我是又喜又悲，喜的是叔时得此美称，悲的是你得此毁誉。

《论语》上说，孔子在乡里群众中表现得"恂恂如也"。"恂恂"指待人恭敬有礼貌。学习《论语》不容易，你可以以你资望厚重的父亲为榜样——难道你父亲有过在乡里看不起群众的事吗？年轻人容易犯错误，改正就好。蘧伯玉五十岁，感到过去四十九年的过失，并能加以改正。你不要不考虑我对你的忠告，不克制和责备自己，反说"张甲诽谤我，李乙仇恨我，我没有过错"。如果是那样，你这个人就不值得一谈了。

赏析：

这是一封叔父写给侄儿的家书。封建王朝，宗族和家族观念是维系社会单元的主要细胞，家族观念很强的人，多以整个家庭家族的荣辱为己任，出谋划策。

张奂在外为官，侄儿仲祉仰仗他的名望和官职，盛气凌人，不把乡里的老年人和同辈放在眼里，言语放肆。张奂听后，十分焦急，写信告诉他做人的道理：处世人要谦逊有礼貌，有过必须改正，文过饰非。

用今天的话说，张奂的侄儿算是“官二代”，自恃优越的身份，高人一等，目中无人。今天，民间的仇官和和仇富情结，也多因为那些不守规矩胡作非为的“官二代”们轻视群众，以为可以仗势欺人。一个和谐的社会，应该是人人平等，人人知礼，谦和互敬，而不是人分三六九等的社会。

郑玄（127 年～200 年），字康成，北海高密（今山东省高密市）人，为汉尚书仆射郑崇八世孙，东汉经学大师、大司农。青年时入太学学习，攻《京氏易》、《公羊春秋》及《三统历》、《九章算术》，从张恭祖学《古文尚书》、《周礼》和《左传》等，又师从马融学古文经。四十岁时聚徒授课，弟子达数千人，家贫好学，终为大儒。后遭党锢之祸起，闭门注疏，著有《天文七政论》、《中侯》等书，共百万余言，世称“郑学”，为汉代经学的集大成者。后人纪念其人建有郑公祠。

戒子益恩书

吾家旧贫，为父母昆弟所容，去厮役之吏，游学周、秦之都，往来幽、并、兖、豫之域，获觐乎在位通人，处逸大儒，得意者咸从捧手，有所授焉。遂博稽六艺，粗览传记，时睹秘书纬术之奥。年过四十，乃归供养，假田播殖，以娱朝夕。迂阉君擅执，坐党禁锢，十有四年而蒙赦令。举贤良方正有道，辟大将军、三司府，公车再召，比牒并名，早为宰相。惟彼数公，懿德大雅，克堪王臣，故宜式序。吾自忖度，无任于此；但念述先圣元意，思整百家之不齐，亦庶几以竭吾才，故闻罔从。而黄巾为害，萍浮南北，复归邦乡，入此岁来，已七十矣。宿素衰落，仍有失误，案之礼典，便合传家。今我告尔以老，归尔以事，将闲居以养性，覃思以终业；自非拜国君之命，问族亲之忧，展敬坟墓，观者野物，胡尝扶仗出门乎？家事大小，汝一承之。咨尔茕茕一夫，曾无同生相依，其勖求君子之道，钻研勿替，敬慎威仪以近有德。显誉成于僚友，德行立于己志，若致声称，亦有荣于所生，可不深念邪！可不深念邪！吾虽无绂冕之绪，颇有让爵之高，自乐以论赞之功，庶不遗后人之羞。未所愤者，徒以亡亲坟垄未成；所好群书，率皆腐敝，不得于于礼堂写定，传与其人，日西方暮，其可图乎。家今差于昔，勤力务时，无恤饥寒，菲饮食，薄衣服，节夫二者，尚令我寡恨。若忽忘不识，亦已焉哉！

译文：

从前我家里贫穷，本无力读书，却得到父母兄弟的厚爱，允许我辞去差役，远游到长安一带从师求学，往来于幽、并、兖、豫等地，争取拜见那些居高位又学识渊博贯通古今的人，也拜见那些隐居的有名望的儒家学者。对我所悦服和敬仰的人，我都恭恭敬敬地向他们求教，以使其有所赐教。这期间我通学了六经，浏览历史传记，还时常参阅有关谶讳图箓和占验术数、预言未来等方面内容的书籍。四十岁以后，我就返乡侍候父母，在田里种植庄稼，早晚快乐。不曾想遇到宦官专政，由于党事而获罪，受到十四年的禁锢。承蒙圣上赦免，解除了禁锢。选拔贤良、方正和有道之士，受大将军三司府的征召。后官府再次聘召，当时在同一文牒上列名被召入中，有的人早已做了宰相。只有那几位美德高才，能够胜任王朝大臣，因此适宜按次第任用。我暗自思量，自己无力担任这样的高官；不过想到遵循先圣的本意，考虑要整理各学派的不同观点，也希望能够竭尽我的才能，辞退朝廷征召做官，专心著述。不曾想黄巾起义，为害四方，行踪无定。又回到家乡，这一年，我已经七十岁了。旧时的学业素养已经荒疏，在著作里还存着谬误，考查经典《礼记》，上面说“人活七十就应该把家务托付给儿子管理”。

现在告诉你，我已经老了，把一切事情托付给你，我将闲居颐养天年，深入思考而完成著述任务；我并非受国君之命，询问族亲的忧虑，展敬坟墓，观看野外风景，难道还要我拄杖出门吗？家中的大小事，你要独自承担。唉，你孤独一个人，没有兄弟相依。要勉力追求做一个君子，深入钻研学业不要废弃，敬重对待君子以便亲近有道德的人。在同僚朋友中获得称赞，自己立志做个品德高尚的人。假如取得的名誉能让自己满意，也就无愧于自己的一生了。能不牢记吗？能不牢记吗？我虽然没有做官的心情，却有让出爵位的高尚品德。我感到欣慰的是，凭着我著述的成就，也许可以为死去的父母修好坟墓，所喜爱的书籍，大都陈腐老旧，不能在讲堂上写而删定，传给别人。日落西山，难道是以人的意志为转移的吗？家中现在的经济情况比从前要好，只要按照季节努力耕作，就不用为挨饿受冻而发愁，节衣缩食，节约用度，同时要保持节操，才会使我少些遗憾，假如你忽略忘掉不记住这些，也就没有办法了。

赏析：

郑玄是东汉著名经学家，博览群书，集汉代经学之成成，被称为“通儒”。

郑玄七十岁的时候，写给儿子郑益恩的一封信。家书的前半部分，他回顾了自己治学经历和兴趣，因为十四年禁锢和一次战乱，自己耽误了时光，改变了命运，但是，仍然专心于学问和著述。后来谢辞朝廷征召，专心于学问，但是，仍然感到学问有谬误和疏漏。

家书的后半部分，郑玄说自己已经到了颐养天年的时候，家中的一些大小事，需要儿子承担了，但是，告诫儿子要追求学业，深入钻研，不可废弃，保持节操。家中经济情况，比从前略好，只要努力耕作，就不会受冻挨饿。在做人方面，郑玄希望儿子做个君子，做个有高尚品德的，人享有清誉比什么都重要。

联系刘邦写给儿子的信，我们可以看出，做父亲的，无论是帝王或者大臣，或者平民百姓，都希望自己的孩子多一些心思在学问上，要检点自己的品行，亲贤良、远小人，成为一个品行高洁，为人光明磊落的人。这也是很多人希望并追求的标准。做事先做人，成事先成人。一个人的良好品行，会影响他处事行为，也是成就事业的基础。

秦嘉，生卒年不详，字士会。汉桓帝时，在陇西郡为官任掾吏，后举为本郡上计吏，奉使洛阳。入京后，升任黄门郎。不久遂病卒于津乡亭。

重报妻书

车还空返，甚失所望，兼叙远别恨之情，顾有怅然！

间得此镜，既明且好，形观文彩，世所稀有，意甚爱之，故以相与。并致宝钗一双，价值千金；龙虎组履一緉，好香四种、各一斤；素琴一张，常所自弹也。明镜可以鉴形，宝钗可以耀首，芳香可以馥身去秽，麝香可以辟恶气，素琴可以娱耳。

译文：

派车去接你，却没见到你，深感失望，写信叙说与你离别的痛苦，怅然若失。

近来得到的这面镜子，明亮又好看，外形花纹华丽，世所稀有，想来你一定很喜欢它，所以，把它赠送给你。同时送给宝钗一对，价值千金；有龙虎图案、用丝线编织成的鞋子一双；好香四种、各一斤；素琴一张，你可以时常弹奏。明镜可以照容貌，宝钗可使你头面生辉，芳香可以使你身体芳香去掉污秽，麝香可以使你避开臭气，素琴可以使你快乐。

赏析：

秦嘉作为东汉诗人，现存四言《赠妇诗》一首，五言《留郡赠妇诗》三首，皆载《玉台新咏》；还有四言《述婚诗》三首；此外，还有书信体散文《与妻徐淑书》和《重报妻书》。他的诗主要是抒发自己因仕宦离家，不得与妻子相聚的怅惘和愁思。

秦嘉与妻徐淑感情深厚，秦嘉出任郡上计椽，赴洛阳，妻子徐淑因病回娘家休养，因故两个未能见面。秦嘉思妻心切，派人去接妻子，但是，仍因故未到。秦嘉赠妻以明镜、宝钗、芳香、素琴，以表相思之情。

同时，心中十分难过的秦嘉，还写下五言诗三首留赠与妻子。这里既没有“父母且不顾，何言子与妻！名编壮士籍，不得中顾私”（曹植《白马篇》）的壮志豪情，也没有“一生不自保，何言恋妻子”（阮籍《咏怀诗》）的人生悲哀，而是一种“儿女共沾巾”的伉俪情深，一种人世间普遍存在的离合悲欢而带来的惆怅和忧伤，因此能够引起人的共鸣，感人至深。自《离骚》以来，文人写男女的相爱和中道离异，大都用以比附君臣关系。像秦嘉这样毫无掩饰地袒露自己爱情的诗篇，在那个时期是很少见的。诗中充满了人情味和生活气息，感情真挚深沉，十分感人。清人沈德潜评论说：“词气和易，感人自深。”

秦嘉，对于很多人来说，是一个陌生的历史人物，他和他的妻子徐淑，也因为几封情真意切的书信，而留名历史。

徐淑，生卒年不详，秦嘉之妻，与嘉同郡人。

答夫秦嘉书

知屈珪璋，应奉藏使，策名王府，观国之光。虽失高素浩然之业，亦是仲尼执鞭之操也。自初承问，心愿东还，迫疾未宜，抱叹而已！日月已尽，行有伴例，想严装已办，发迈在近。“谁谓宋远，企予望之。”室迩人遐，我劳何如！深谷逶迤，而君是涉；高山岩岩，而君是越。斯已难矣！长路悠悠，而君是践；冰雪惨烈，而君是履。身非形影，何得动而辄俱？体非比目，何得同而不离？于是咏萱之喻，以消两家之思，割今之恨，以待将来之欢。今适乐土，优游京邑，观王都之壮丽，察天下之珍妙，得无目玩意移，往而不能出耶？

译文：

可是你的名字可以因此写在官府的简策上，得以观赏国都的风光。虽然失去隐居不仕、高洁浩然的生活，这也是孔夫子所愿意做的工作啊！你来信问我，我从内心本愿回家与你相见，因疾病未愈，只能抱叹而已！现在行期已到，按照惯例必须及时赴任，想必整理好了行装，即将出发了吧。“谁说宋地太远，我将踮着脚遥望。”丈夫远去，自己却孤独地留在家中，我该是多么的忧伤啊！深谷连绵不断，你在那里跋涉；高山峻峭挺拔，你在那里攀越，这已经够艰难的了。前面还有漫长的道路要行走，寒冷刺骨的冰雪要踏过。可惜身体不是形影，怎么可能一动而就相伴随呢？人并非比目鱼，怎么能同行而不分离呢？我只好吟诵《诗经·伯兮》的萱草之喻，来消除对你的思念，割断离别的痛苦，等待将来相逢时的快乐。如今你去洛邑，可以悠然自得地去游览，观赏它的壮丽景色，察看天下的珍奇景物，会不会迷恋繁华，变了心意，乐而忘返呢？

又报秦嘉书

既惠令音，兼赐诸物，厚顾殷勤，出于非望！镜有文彩之丽，钗有殊异之观，芳香既珍，素琴益好！惠异物于鄙陋，割所珍以相赐，非丰厚之恩，孰肯若斯？

览镜执钗，情想仿佛；操琴咏诗，思心成结。敕以芳香馥身，喻以明镜鉴形，此方过矣，未获我心也！昔诗人有“飞蓬”之感，班婕妤有“谁荣”之叹。

素琴之作，当须君归；明镜之鉴，当待君还。未奉光仪，则宝钗不设也；未待帷帐，则芳香不发也。

译文：

承蒙惠赐美好的言语，又赠与我许多物品，关怀备至，情意深厚，令我喜出望外。你赠与我的镜子华丽，宝钗精美，芳香珍贵，素琴更好。把这些不寻常的，你所珍爱的物品赠与我，如果不是对我有深厚的情意，谁肯这么做呢？

每当我拿起镜子、宝钗时，睹物思人，浮想联翩；每当我弹琴咏诗时，思念之情，与日俱赠。信中嘱咐我，用芳香香身，告诉我用明镜照容貌，这话错了，你不了解我的心。过去的诗人曾有“丈夫不在就不加容饰”的感慨，班婕妤发出“君不御兮谁为荣”的叹息。

我要待你归来时，为你弹琴娱乐，梳妆打扮。如果不是你站在面前，宝钗决不戴在头上。如果不是侍奉你于床榻之上，我也不会淋浴熏香。

赏析：

秦嘉和徐淑夫妻二人的唱和，可以看做是一部两千年前的爱情诗。关于爱情，我们总是有太多的期许与想象。一代代人，少女怀春，少男钟情，为爱走天涯，为爱而忘我。

从诗中来看，秦、徐婚配十分和美，夫妇共同雅好诗文，秦嘉曾为此专门写下《述婚诗》，以谢苍天降福，得此美满婚姻。东汉桓帝年间，因丈夫出仕洛阳时，徐淑病居母家，未及面别，两人遂相互赠诗寄书，表达顾恋思念之情。后秦嘉客死异乡，徐淑闻讯，亲自前往接回灵柩。面对兄弟逼嫁，她毁形自守，誓死不从。后因哀恸过甚而逝去，乡人将其夫妇合葬一处。不知道，这算不算最早的“梁山伯与祝英台”，或者“罗密欧与朱丽叶”？据《通渭县志》记载，县城西约八十里榜罗镇附近的秦家坪，有秦嘉、徐淑的墓及碑刻。

这封家书是徐淑在收到秦嘉的赠物之后，给秦嘉的回信，她在信中表达了对丈夫出仕的理解，以及自己不能与他见面的遗憾，同时对丈夫的远行，表达了思念和担忧。这封信写得情真意切，借用比喻，引经据典，委婉含蓄而情真意切。用诗一样的语言，加上多变的句式，把自己一腔心绪，饱含在字字句句之中。这是一封历史上知名的情书，能流传至今，肯定是因为它的优秀和真切。

《又报秦嘉书》，写得香温玉软，优美动人。一是感谢，感谢所赠之物的珍异，感谢恩爱之情的丰厚。二来轻怨，女诗人借昔人飞蓬之首、婕妤自悼之叹来委婉地抱怨自己的丈夫“不懂我的心”，而实际上是借以抒发自己睹物思人、思念夫君之怀。三为誓盼，用两两对仗的句式，借助于对仗句型以及肯定句式与否定句式的换用，表明自己热切的期盼和坚定的誓愿。信中引经据典，丝丝入扣，虽点到为止，但回味绵长厚重。真是才女文情，情女才思，回味悠长。

曹操（155—220），字孟德，东汉沛国谯县（今安徽亳州市）人。东汉末年的政治家、军事家和文学家。在镇压黄巾军起义和反对董卓的战争中，建立了自己的政治军事力量。后统一中国北方。208 年为丞相，216 年被封为魏王。死后，被追封为魏武帝。

诫子植

吾昔为顿丘令，年二十三，思此时所行，无悔于今。今汝年亦二十三矣，可不勉欤！

译文：

我从前任顿丘令时，年二十三岁。回想这一时期的所作所为，今天仍没有什么可悔恨的。现在你也二十三岁了，能不努力上进吗？

诸儿令

今寿春、汉中、长安，先欲使一儿各往督领之，欲择慈孝不违吾令，亦未知用谁也。儿虽小时见爱，而长大能善，必用之。吾非有二言也。不但不私臣吏，儿子亦不欲有所私。

译文：

现在寿春、汉中、长安三个地方，我打算先各派一个儿子前往督率治理。我想选择慈善孝顺不违背我命令的，也不知道用谁好。儿子们小的时候虽然受到宠爱，长大后是人才，我也一定重用他。我说一不二，不但对部属不徇私情，对儿子也不想有所偏爱。

赏析：

每年的夏天，大批学生毕业的时候，总有一种声音出来：号召广大学子到边疆到最贫困的地方去建功立业，支边，成为新中国最主要的特色，由此，还有“上山下乡”的知青运动。提起知青运动，应该是世界史上的一个特色。就是城市青年到农村锻炼。只是，他们中有一小部分人，永远地留在了乡下，献了青春献子孙。

历史上，曹操也曾经把儿子下放到基层去锻炼，让他们有所成长，并以此激励他们好好练就本领。并且根据儿子们的兴趣和特长，因势利导，因材施教。看来，基层，是锻炼人的好地方。

曹操的家庭教育工作做得好，大儿子曹昂被调教得德行甚佳，二十岁举了孝廉，而且曹操早年也教他习过武，对他十分疼爱，做接班人来培养，只是可惜，在作战中牺牲了。

二儿子曹彰，自小善于射箭御马，臂力过人，能徒手与猛兽搏斗，从不畏避险阻。年轻时便曾经多次从军征伐，志气慷慨激昂。曹操问他的志向时，曹彰说：“想要做大将军”，曹操立刻对儿子的志向表示高度赞赏，并且问：“做将军要怎样？”曹彰答道：“要披坚执锐，遇到危难时挺身而起，不犹豫回顾，身先士卒，而且有功必赏，有罪必罚。”曹操就引导他向“武将”方面发展，教他习武，向他传授军事知识。后来的太子曹丕，曹操不准他成天在宫廷中生活，而是把他带在自己身边，让他生活和学习在转战南北的军营中，在战火中经受锻炼。曹操着重培养他治国治军的能力，以增长掌握政权的才干，曹丕成为三国时期著名的政治家、文学家，曹魏的开国皇帝。

曹植自幼聪慧，十岁余便诵读诗、文、辞赋数十万言，出言为论，落笔成文，深得曹操的宠爱。曹操曾经认为曹植在诸子中“最可定大事”，所以，在曹植二十三岁那年，曹操是这样告诫这个儿子的：“我从前做顿丘县令时，年龄是二十三岁。回想当时自己的所作所为，就在今天来看，也是没有什么可后悔的。如今你也已经二十三岁了，能不发奋努力吗?”拿自己作为榜样来激励儿子的成长。

王修，生卒年不详，字叔治，三国魏营陵（今山东昌乐）人。初为袁绍属下，后归附曹操，官至大司农郎中令。

诫子书

自汝行之后，恨恨不乐，何哉？我实老矣，所恃汝等也，皆不在目前，意遑遑也。

人之居世，忽去便过。日月可爱也！故禹不爱尺璧而爱寸阴。时过不可还，若年大不可少也。欲汝早之，未必读书，并学作人。汝今逾郡县，越山河，离兄弟，去妻子者，欲令见举动之宜，效高人远节，闻一得三，志在“善人”。左右不可不慎，善否之要，在此际也。行止与人，务在饶之。言思乃出，行详乃动，皆用情实道理，违斯败矣。

父欲令子善，唯不能杀身，其余无惜也。

译文：

自从你出行之后，我若有所失，心中闷闷不乐。这是什么原因呢？我已经老了，只得依靠你们，而你们又都不在身边，所以内心深感不安。

人生在世，时光飞逝，光阴值得珍惜呀！所以，大禹不爱尺长的玉璧，却爱寸阴。时光一去不复返，就像年纪大了不能再返老还童一样，希望你们趁着年轻要珍惜时间。不仅要读好书，还要学习如何做人。你现在跨郡县，越山河，离别兄弟，告别妻子儿女，希望你学习那些得体的举止，学习贤人的高尚节操，学习一点，能够举一反三一，目的在做个“好人”。接触周围的人不可不慎重，好与不好的关键就在这里。与人打交道，一定要宽容。说话之前必须要反复思考，采取行动之前必须要审慎地考虑。这些都是真情实理，违背了就要碰壁。

作为父亲，为了使你能成材向善，除了不愿你损命外，任何严格的要求都在所不惜。

赏析：

儿行千里母担忧，作为慈父，也一样牵挂着远方的孩子。只是，他表达的方式，是给儿子写一封信。

王修在这封家书中，先表达了自己对儿子的思念之情。接下来，便从学习、修身、待人等方面，开始了千叮咛万嘱咐，这可能是每个做父母都有的习惯。历史上，著名的家书家训，大都是做父亲写给儿女的，古人也不例外。

王修的这篇家书有两点值得我们肯定和借鉴：一是要珍惜光阴。因为时间难得，流失了就不可复得，正如人的年纪大了不能再变年轻一样。所以中国有“一寸光阴一寸金，寸金难买寸光阴”的古训。二是不但要读书，而且要向善、要会做人，像其中“欲令见举动之宜，效高人远节”，“言思乃出，行说乃动”等等，正是如何做人的道理，且二者不可偏废。无论时代如何发展，教育培养孩子德才兼备、求真向善都是我们家长、学校、老师追求的终极目标。

曹丕（187—226），字子桓，沛国谯（今安徽省亳州市）人，魏武帝曹操长子，三国时期著名的政治家、文学家，曹魏的开国皇帝，公元220—226年在位。由于文学方面的成就而与其父曹操、其弟曹植并称为“三曹”。

又与吴质书

二月三日，丕白：岁月易得，别来行复四年。三年不见，东山犹叹其远；况乃过之？思何可支！虽书疏往返，未足解其劳结。

昔年疾疫，亲故多离其灾。徐陈应刘，一时俱逝，痛可言邪？昔日游处，行则连舆，止则接席；何曾须臾相失。每至觞酌流行，丝竹并奏，酒酣耳热，仰而赋诗。当此之时，忽然不自知乐也。谓百年已分，可长共相保；何图数年之间，零落略尽，言之伤心！顷撰其遗文，都为一集。观其姓名，已为鬼录。追思昔游，犹在心目。而此诸子，化为粪壤，可复道哉！

观古今文人，类不护细行，鲜能以名节自立。而伟长独怀文抱质，恬淡寡欲，有箕山之志，可谓彬彬君子者矣。著中论二十余篇，成一家之言，辞义典雅，足传于后，此子为不朽矣。德琏常斐然有述作之意，其才学足以著书，美志不遂，良可痛惜！间者历览诸子之文，对之抆泪；既痛逝者，行自念也。孔璋章表殊健，微为繁富。公干有逸气，但未遒耳；其五言诗之善者，妙绝时人。元瑜书记翩翩，致足乐也。仲宣独自善于辞赋，惜其体弱，不足起其文；至于所善，古人无以远过。

昔伯牙绝弦于锺期，仲尼覆醢于子路，痛知音之难遇，伤门人之莫逮。诸子但为未及古人，亦一时之隽也。今之存者，已不逮矣。后生可畏，来者难诬，恐吾与足下不及见也。

年行已长大，所怀万端，时有所虑，至通夜不瞑。志意何时复类昔日？已成老翁，但未白头耳。光武有言：年三十余；在兵中十岁，所更非一。吾德不及之，年与之齐矣。以犬羊之质，服虎豹之文；无众星之明，假日月之光；动见瞻观，何时易乎？恐永不复得为昔日游也。少壮真当努力，年一过往，何可攀援？古人思秉烛夜游，良有以也。

顷何以自娱？颇复有所述造否？东望于邑，裁书叙心。丕白。

译文：

二月三日，曹丕陈说：时间过得很快，我们分别又将四年。三年不见，《东山》诗里的士兵尚且感叹离别时间太长，何况我们分别都已经超过三年，思念之情怎么能够忍受呢！虽然书信来往，不足以解除郁结在心头的深切怀念之情。

前一年流行疾疫，亲戚朋友多数遭受不幸，徐干、陈琳、应玚、刘祯，很快相继都去世，我内心的悲痛怎么能用言语表达啊？过去在一起交往相处，外出时车子连着车子，休息时座位相连，何曾片刻互相分离！每当我们互相传杯饮酒的时候，弦乐管乐一齐伴奏，酒喝得痛快，满面红光，仰头吟诵自己刚作出的诗，每当沉醉在欢乐的时候，恍惚间却未觉得这是难得的欢乐。我以为百年长寿是每人应有一份，长久地相互在一起，怎想到几年之间，这些好朋友差不多都死光了，说到这里非常痛心。近来编定他们的遗著，合起来成为一本集子，看他们的姓名，已经是在阴间死者的名册。追想过去交往相好的日子，还历历在目，而这些好友，都死去化为粪土，怎么忍心再说呢？

纵观古今文人，大多都不拘小节，很少能在名誉和节操上立身的。但只有徐干既有文才，又有好的品德，宁静淡泊，少嗜欲，有不贪图权位隐退之心，可以说是文雅而又朴实的君子。他著有《中论》二十多篇，自成一家的论著，文辞典雅，足以流传后世，他的精神、成就永远存在。应玚文采出众常有著述之意，他的才能学识足以著书，但他美好的愿望没有实现，实在应该痛惜。近来遍阅他们的文章，看后不禁拭泪，既痛念逝去的好友，而且又想到自己生命短促。陈琳的章表文笔很雄健有力，但稍微有些冗长。刘祯的文风洒脱奔放，只是还不够有力罢了，他的五言诗很完美，在同代人中最妙。阮瑀的书札文词美丽，使人感到十分快乐。王粲只擅长辞赋，可惜风格纤弱，不能够振作起文章气势，至于他擅长的，古代没有人能超过很远。过去伯牙在钟期死后破琴绝弦，终身不再鼓琴，痛惜知音难遇，孔子听说子路被卫人杀害，剁成肉酱，命人将家里的肉酱倒掉，悲伤弟子当中没有能比得上子路的。这些人只是有些还不及古人，也算一代优秀人才，现在活着的人，已没有人能比得上的了。将来定有优秀人才出现，后来之人难于轻视，但是恐怕我与您不能赶上见到了。

年龄已经增大，心中所想的千头万绪，时常有所思虑，以至整夜不眠，志向和意趣什么时候能再像过去那样高远呢？已经变成老翁，只不过没有白头发罢了。东汉光武帝说："三十多岁，在军队中十年，所经历的事不止一件。"我的才能赶不上他，但是年龄和他一样大了，凭低下的才能却处在很高地位，德才不足，只是凭借父亲曹操之力而有高位，一举一动都有人注意，什么时候才能改变这种情况呢？恐怕永远不能再像过去那样游玩了。年轻人的确应当努力，年龄一旦过去，时光怎么能留得住，古人想夜里拿着蜡烛游玩，确实很有道理啊。

近来您用什么自我娱乐？仍旧再有什么著作吗？向东望去非常悲伤，写信来叙述内心情感。曹丕陈说。

赏析：

《又与吴质书》是魏文帝曹丕的散文名篇，也是写给文士吴质的书札，内容主要是叙旧，聊聊朋友间离合生死之情，兼有随感式的文学评论，这种文体是过去的书札之文所没有的。《又与吴质书》是以实景的追怀和感叹，夹叙夹议，悼念亡友，凄楚感人，对后来短篇抒情散文的发展是有影响的。这篇散文表现了建安散文通脱自然的共同倾向，但又具有自己清丽的特色。《又与吴质书》有较高的文学艺术价值，同时这篇作品也是中国文学批评史上较早的专论。

曹植（192—232），字子建，沛国谯（今安徽省亳州市）人。三国曹魏著名文学家，建安文学代表人物。魏武帝曹操之子，魏文帝曹丕之弟，生前曾为陈王，去世后谥号“思”，因此又称陈思王。因文学上的造诣，与曹操、曹丕合称为“三曹”。

与杨德祖书

仆少好为文章，迄至于今，二十有五年矣，然今世作者，可略而言也。昔仲宣独步于汉南，孔璋鹰扬于河朔，伟长擅名于青土，公干振藻于海隅，德琏发迹于大魏，足下高视于上京。当此之时，人人自谓握灵蛇之珠，家家自谓包荆山之玉，吾王于是设天网以该之，顿八以掩之，今悉集兹国矣。然此数子犹复不能飞轩绝迹，一举千里。以孔璋之才，不闲于辞赋，而多自谓能与司马长卿同风，譬画虎不成反为狗也，前书嘲之，反作论盛道仆赞其文。夫钟期不失听，于今称之，吾亦不能妄叹者，畏后世之嗤余也。

世人之著述，不能无病，仆常好人讥弹其文，有不善者，应时改定昔丁敬礼常作小文，使仆润饰之，仆自以才不过若人，辞不为也。敬礼谓仆，卿何疑难，文之佳恶，吾自得之，后世谁相知定吾文者邪？吾常叹此达言，以为美谈。昔尼父之文辞，与人流通，至于制《春秋》，游夏之徒乃不能措一辞。过此而言不病者，吾未之见也。

盖有南威之容，乃可以论于淑媛，有龙渊之利，乃可以议于断割，刘季绪才不能逮于作者，而好诋诃文章，掎摭利病。昔田巴毁五帝，罪三王，訾五霸于稷下，一旦而服千人，鲁连一说，使终身杜口。刘生之辩，未若田氏，今之仲连，求之不难，可无息乎？人各有好尚，兰荪蕙之芳，众人所好，而海畔有逐臭之夫；咸池六茎之发，众人所同乐，而墨翟有非之论，岂可同哉！

今往仆少小所著辞赋一通相与，夫街谈巷说，必有可采，击辕之歌有应风雅，匹夫之思，未易轻弃也。辞赋小道，固未足以揄扬大义，彰示来世也。昔扬子云先朝执戟之臣耳，犹称壮夫不为也。吾虽德薄，位为藩侯，犹庶几戮力上国，流惠下民，建永世之业，流金石之功，岂徒以翰墨为勋绩，辞赋为君子哉！若吾志未果，吾道不行，则将采庶官之实录，辩时俗之得失，定仁义之衷，而一家之言，虽未能藏之于名山，将以传之同好，非要之皓首，岂今日之论乎？其言之不惭，恃惠子之知我也。

明早相迎，书不尽怀，植白。

译文：

曹植敬白：德祖兄，几天不见，非常想念你，估计你也是吧。我从小喜欢文章，到今天为止，二十五年了。如今世上文章写得好的人，大致可以数得上来。从前王粲（字仲宣）在汉南首屈一指，陈琳（字孔璋）在河朔独占鳌头，徐干（字伟长）在青土名列前茅，刘祯（字公干）在海边最是出色，应玚（字德琏）在此地发迹，而你在上京极负盛名，这个时候，他们都觉得掌握了学问的本质，文章的真谛。我们大王（曹操）于是设置天网来网罗他们，用绳子来聚集他们，如今全都聚集到魏国了。但是这几个人，却不能再写出绝妙的文章，一篇文章震惊千里。以徐干的才能，不擅长辞赋，却经常说能达到和司马相如（字长卿）一样的风格，就像画虎不成，反像狗了。我从前写文章嘲讽他，他反而大肆宣言说我那是称赞他的文章。钟子期不会听错音律，到现在还都称赞他。我也不能不感叹，害怕后人耻笑我。

世人的著述，不能没有一点毛病。我也喜欢被人指点批评自己的文章，有不好的地方，立即就改正. 从前丁廙（字敬礼）经常写些小文章，让我来润色，我自认为才能比不上他，就推辞了。丁廙对我说：你担心什么呢，文章的好坏，我一个人承担，后世的人谁知道给我润色的人是哪个？我经常感叹这句很富哲理的话，认为这是美谈。

从前孔子的文辞，人们可以和他交流，至于他编纂《春秋》的时候，连子游子夏这样的人都不能改动一句话。除了这些文章没有毛病的，我还没有见过。可能只有拥有像南威那样的美貌，才可以谈论什么是淑媛；具备龙泉剑那样的锋利，才可以谈论如何割断东西。刘修（字季绪，刘表之子）的才能比不上文章的作者，但是喜欢挑剔人家的文章，指摘人家的缺点。从前田巴（战国时期著名学者，住在齐国）诋毁五帝（黄帝、颛顼、帝喾、尧、舜），蔑视三王（燧人、伏羲、神农），在稷下学宫（当时的讲学机构，学者可以在此宣扬自己的观点）挑春秋五霸的毛病，一天就能让一千人心悦诚服，但是遭到鲁仲连（战国末期齐国学者）的一通反驳，便终身闭口不再说话。刘修的辩才，还不如田巴，如今像鲁仲连那样的人，也不难找到，（一般人）可不能逞能！人们各有喜好，像兰、茝（古书上的一种香草）、荪（古书上的一种香草）、蕙（兰花的一种）的芬芳，是众人喜欢闻的，但是海边上有喜欢追着臭味跑的人；《咸池》（黄帝所作）、《六茎》（颛顼所作）的音乐，是众人都喜欢听的，但是墨翟却有指责它们的议论，怎么能一样看待呢！

如今我从小所写的辞赋都全部送给你，街巷里人们的谈论，一定有可以采纳的地方，驾车所唱的歌曲，也一定有符合风雅的地方，普通人的心思，不要轻易忽视。辞赋是小技艺，不足以用来宣扬大道理，垂范后世。从前杨雄（字子云）是先朝的重臣，依然说壮士有所不为。我虽然没什么德行，但是作为王侯，还要尽力报效国家，造福百姓，建立永世的基业，留下磨不灭的功绩，难道只以空洞的文章来建立功勋，用辞赋来追求当上君子吗！如果我的志向没有成功，我的方法没有被推行，我将采集人们的言论，辨别时事的成败、得失，评定仁义的本质，成就自成一家的学说。就算不能把握的文章藏在名山，也要把他们传给有同样志趣的人，我要坚持到白头，并不是今天说了就算了！我大言不惭，是因为我知道您懂得我的心意。明天早晨我去迎接你，信上就不一一叙述了。曹植书。

赏析：

作为出身王侯的曹植，绝对不是公子哥，他的能力和才华，在那个时代，也出类拔萃，甚至可以排在前几位的。以和他交往的“文友”来看，个个都是名垂史册的名流。而他们中的丁廙还会找曹植来帮他润色文章。

这篇书信约作于建安二十二年（217 年）前后。在信中，曹植集中地谈到了他对文学的一些基本观点，如作家的自我认识与评价、作品的修改、文学批评的条件及文学的地位等问题。在信的开头，曹植先谈了天下几个文学名家，在归魏前，早已经名扬天下，现在反而还没有更好的作品出现。接着指出，写文章应该多与人商讨，多听取别人的意见，多请人修改润饰，并进而认为人们的爱好是各不相同的，不能凭自己的好恶妄论别人的文章。

作为一个王侯，曹植认为，文章和辞赋不过是用于玩乐的技艺，人生最重要的任务，还是为国家建功立业，留下难以磨灭的功绩，不可为获得的虚名而沾沾自喜。

全文充满昂扬飞动的气势，骈散兼行，富于文采，而又自然流畅，处处流露出朋友间真挚的感情，曹植早年积极奋进、渴望建功立业的人生理想在文章中得到了充分体现。

诸葛亮（181—234），字孔明、号卧龙（也作伏龙），琅琊阳都（今山东临沂市）人，三国时期蜀汉丞相、杰出的政治家、军事家、发明家、文学家。诸葛亮为匡扶蜀汉政权，呕心沥血，鞠躬尽瘁，死而后已。其代表作有《前出师表》、《后出师表》、《诫子书》等。

诫子书

夫君子之行，静以修身，俭以养德。非淡泊无以明志，非宁静无以致远。夫学须静也，才须学也。非学无以广才，非志无以成学。淫慢则不能励精，险躁则不能冶性。

年与时驰，意与日去，遂成枯落，多不接世，悲守穷庐，将复何及！

译文：

作为君子的行为准则，应当专心致志不受外界影响来进行道德修养，用节俭朴素来培养自己的品德。对名利如果不采取淡漠的态度就不能确定自己的志向，不排除外界干扰就不能有所前进。要学习，就要静下心来；要有才能，就要认真学习。不学是不能增长才干的，不立志是不能使学业有所成就的。采取不专心和骄傲的态度是不能振奋精神的，贪走捷径和浮躁是不能使自己的情操受到陶冶的。

年龄随着光阴迅速逝去，意志随着日子逐渐消磨，最后终于像黄叶枯落，老而无用，不能继承先辈的事业，悲怆地守着穷家混日子，到了那个地步，后悔是来不及的。

赏析：

诸葛亮在这则《诫子书》里，不仅从为学、处事、做人等多方面告诫自己的孩子，而且还特别强调：人不光要趁青春年少时确定自己的奋斗目标，还应该为实现这一目标不断地学习努力，只有这样，才有可能实现或接近目标。

我们写文章和挂在书房里的条幅，经常引用的“静修身，俭养德”、“淡泊明志”、“宁静致远”等等句子，就是出自这篇字数并不多的家书。文章虽然短，却饱含里很多人生的哲理。文章共分三个层次，第一个层次说修身养性，第二个层次说立志治学，第三个层次说的是惜时。一个人，只有静下来时，才能反省自己的行为，检视自己的得失。一个甘于简朴的人，才能保有厚德，不贪才能勤俭，懂得俭朴的人，才能管住自己的内心，不逾越，不放肆。过于奢侈的生活，会让人变得慵懒，不思进取。一个应有尽有的人，会变得狂妄，而一个狂妄的人，会变得目中无人，必然短视，不能谋大略，立高远的志向。有高远志向和真正有智慧的人，一般都很低调，泯然众人却如潜龙在渊。

做学问的人，必然得有一颗能静下来的心，有坐冷板凳的决心和毅力。人生的志趣和广博，多来自于学识，学识的深浅，也在某种程度上，决定了人生的深浅。这里的学识，并不一定指书本上的知识，认为知识只能从书本上得来的人，是书呆子。

无论是做学问，或者做人，最重要的秉性是低调和甘于平静，守护一颗平静的心，才能容纳五彩缤纷的世界。一颗浮躁的心，已经沸腾到一百度，它不容易被人接近。

诫外甥书

夫志当存高远，慕先贤，绝情欲，弃疑滞。使庶几之志揭然有所存，恻然有所感。忍屈伸，去细碎，广咨问，除嫌吝，虽有淹留，何损于美趣，何患于不济。若志不强毅，意气不慷慨，徒碌碌滞于俗，默默束于情，永窜伏不庸，不免于下流。

译文：

一个人应当有高尚远大的志向，仰慕先贤，戒绝情欲，抛弃阻碍前进的因素，使先贤的志向，在自己身上显著地得到存留，在自己内心深深地引起震撼；要能屈能伸，丢弃琐碎，广泛地向人请教咨询，去除猜疑和吝啬，这样即使因受到挫折而滞留，也不会损伤自己的美好志趣，又何必担心达不到目的。

倘若志向不刚强坚毅，意气不慷慨激昂，那就会碌碌无为地沉湎于流俗，默默无闻地被情欲束缚，势必永于沦入凡夫俗子之列，甚至免不了成为庸俗的下流之辈。

赏析：

诸葛亮在这封信中说明，一个人要有所成就的话，就要先定下远大的志向，有了远大的志向，还要有坚定的意志信念和毅力，并要把理想付诸行动。反之，如果意志不坚定，沉溺于世俗权势、利禄、贪图享乐之中，就只能沦为平庸的人。一个人成功与否，立志是一方面，更重要的是立志之后的行动，和不懈的努力与坚持。坚持，是最困难的，也是最磨炼人意志的长跑。

在这篇短文里，没有空洞的说教，都是针对青年人普遍存在的毛病来说的，所以读起来让人有切中要害的感觉。

首先是说做人要有理想，理想无所谓高低贵贱。切实可行的理想，才有可能被付诸实践。太过空洞的理想，只能变成幻想。一个人，只要找到了可以为之奋斗的目标，就有了奔头，至少不会让自己觉得很空虚。

有了理想，要想办法实现理想。实现理想的过程，要做到“忍屈伸，去细碎，广咨问，除嫌吝”。就是要做到能屈能伸，不必太在意那些琐碎的东西，不要斤斤计较于眼前的小利；要认真听取别人的宝贵意见，虚心学习，吸收别人的经验；要心胸开阔，不猜疑、不吝啬。

在家训类的书信中，诸葛亮的这篇文章很有思想内涵。

孙权（182—252），字仲谋，吴郡富春（今浙江富阳）人。东汉末，继其父兄之业，占据东江六郡。公元208年与刘备联合败曹操于赤壁，稳定了江东局势。229年称帝武昌，国号吴，为东吴的开国皇帝。后迁都建业（今南京），与曹魏、西蜀形成三国鼎立之抛。后世称其为吴大帝。

让孙皎书

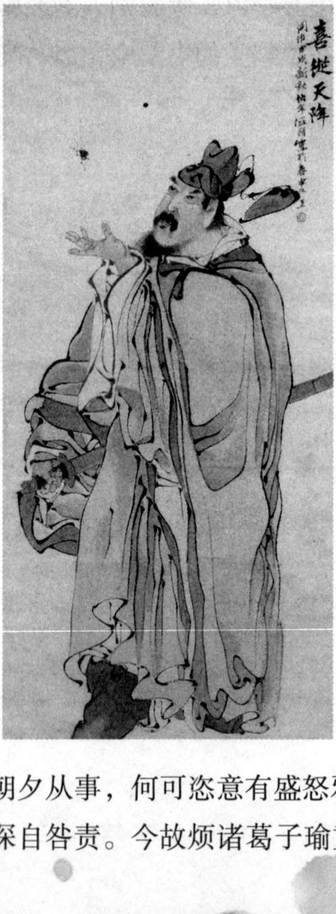

自吾与北方为敌，中间十年，初时持年小，今者且三十矣。孔子言“三十而立”，非但谓五经也。授卿以精兵，委卿以大任，都护诸将于千里之外，欲便如楚任昭奚恤，扬威于北境，非徒相使逞私志而已。

近闻卿与甘兴霸饮，因酒发作，侵陵其人，其人求属吕蒙督中。此人虽粗豪，有不如人意时，然其较略大丈夫也。吾亲之者，非私之也。我亲爱之，卿疏憎之；卿所为每与吾违，其可久乎？夫居敬而行简，可以临民；爱人多容，可以得众。二者尚不能知，安可董督在远、御寇济难乎？卿行长大，特受重任，上有远方瞻望之视，下有部曲朝夕从事，何可恣意有盛怒邪？

人谁无过，贵其能改，宜追前愆，深自咎责。今故烦诸葛子瑜重宣吾意。临书摧怆，心悲泪下。

译文：

自从我们与北方成为仇敌，中间已有十年。开始相持时，你年纪尚小，现在你快三十岁了。孔子说：“三十而立”，不仅仅是指学习五经说的。我把精锐的军队交给你，把重任托付与你，让你在千里之外，总领各位将领，是想使你如同楚国任用昭奚恤一样，在北部边境显示国家的威势，不是让你显示个人的威风。

近来听说你和甘兴霸喝酒，因为酒力发作，欺侮了他。他要求调往吕蒙督中。甘宁粗犷豪放，有不能令人满意的时候，但就其大体而言，他还是个大丈夫。我器重他，但并不庇护他。我爱护他，你却疏远憎恨他。你的所作所为常常和我的意愿相违背。这样下去，边境的安全还能长久吗？一个人举止要恭敬有让，行为要约束自己，才可以领导百姓；爱护他人，宽容他人，才可以得到群众。这两条道理你还不懂，怎么可以在远方督率军队抵御外寇扶济困难呢？你快要成人了，我特别授予你重任，上有我远方殷切瞩望的目光，下有部属和你朝夕相处共事，你怎么可以放纵个人的情绪，大发脾气呢？

人谁没有过错贵在能改正错误。你要反省先前的过失，深刻地自我检查。现在我特意烦请诸葛子瑜先生再次表达我的意思。面对着书信我很难过，心中悲痛，眼泪禁不住流下来。

赏析：

孙皎是东吴大帝孙权的侄子。孙皎当时任都护征虏将军，代替程普驻守夏口，孙权对他甚为重视。一次，孙皎与甘宁为一点点小事发生了争执，有人劝甘宁退让，甘宁说：“我与他都一样是臣子，他虽然是皇家贵族，但是也不能仗势欺人啊。”孙权知道此事后，立即写了此信给孙皎，以长辈的身份批评了他。

孙权在信中陈述了自己对孙皎的期望，告诫他要：居敬而行简，可以临民；爱人多容，可以得众。做人要能高瞻远瞩，不要斤斤计较。言简而辞切，鼓励孙皎要知错能改。孙皎得此信后，十分感动，主动与甘宁握手言好，结为挚友。

羊祜（221—278），字叔子，西晋泰山南城（今山东费县西南）人，晋武帝时官至尚书左仆射。后都督荆州诸军事，守襄阳，任职一年，甚有治绩。死后，民为之立碑于岘山。

戒子书

吾少受先君之教，能言之年，便召以典文，年九岁，便诲以《诗》、《书》，然尚无乡人之称，无清异之名。今之职位，谬恩之加耳，非吾力所能致也。吾不如先君远矣！汝等复不如吾。咨度弘伟，恐汝兄弟未之能也；奇异独达，察汝等言则忠信，行则笃敬，无口许人以财，无传不经之谈，无听毁誉之词。闻人之过，耳可行受，口不得宣，思而后动。若言行无信，身受大谤，自入刑论，岂复惜汝？耻之祖考。思乃父言，纂乃父教，各讽诵之！

译文：

我从很小的时候就爱到父亲的教诲，会说话时，开始教习重要的文献；九岁时，便被教以《诗》、《书》等经典著作，可是并没有得到乡里人的称赞，也没有清白和与众不同的名声。

现在的职位，也不过是由于上面错加的恩典，并不是我的能力所能达到的。和父亲相比我差得很远，而你们还不如我。论考虑问题全面，预见事物有远见卓识，恐怕你们兄弟是做不到的；论奇才异能，超群出众。我看你们也是没有份的。谦恭是品德之首，谨慎是行为的基本，希望你们说话忠实可信，行为老实恭敬，不要有钱财许愿，不要传播无根据的言谈，不要听别人无端的诽谤和称赞之词。听到别人的过失，可以耳听不可言传。做事情要先思考后行动。假如你言行不可靠，就会受到严厉的指责，等到刑法惩罚时，谁还会爱惜你呢？而且连祖父、父亲都要蒙受耻辱。想想父亲的话，接受父亲的教诲，每个人都要背诵！

赏析：

“闲谈莫论人非，静坐常思己过”，诚信是为人根本，谦恭是品德之首，谨慎是行为的基础，羊祜这封家书仍然是着重讲修身之道。他教育儿子立身处世应以恭慎为首，并提出忠信、笃信、慎言三条标准，作为儿辈道德修养的准则。不说无根据的话，不背后谈论他人的过失，做事情要先考虑再行动等，至今仍值得我们借鉴。本文选自《全上古三代秦汉三国六朝文》。

嵇康（224—263，一说223—262），字叔夜，汉族，三国时期魏国谯郡铚县（今安徽省宿州市西）。著名思想家、音乐家、文学家。“竹林七贤”的精神领袖，官承曹魏中散大夫，世称嵇中散，后因得罪钟会，为其构陷，而被司马昭处死。

与山巨源绝交书

康白：足下昔称吾于颍川，吾常谓之知言。然经怪此意尚未熟悉于足下，何从便得之也？前年从河东还，显宗、阿都说足下议以吾自代，事虽不行，知足下故不知之。足下傍通，多可而少怪；吾直性狭中，多所不堪，偶与足下相知耳。闲闻足下迁，惕然不喜，恐足下羞庖人之独割，引尸祝以自助，手荐鸾刀，漫之膻腥，故具为足下陈其可否。

吾昔读书，得并介之人，或谓无之，今乃信其真有耳。性有所不堪，真不可强。今空语同知有达人无所不堪，外不殊俗，而内不失正，与一世同其波流，而悔吝不生耳。老子、庄周，吾之师也，亲居贱职；柳下惠、东方朔，达人也，安乎卑位，吾岂敢短之哉！又仲尼兼爱，不羞执鞭；子文无欲卿相，而三登令尹，是乃君子思济物之意也。所谓达能兼善而不渝，穷则自得而无闷。以此观之，故尧、舜之君世，许由之岩栖，子房之佐汉，接舆之行歌，其揆一也。仰瞻数君，可谓能遂其志者也。故君子百行，殊途而同致，循性而动，各附所安。故有处朝廷而不出，入山林而不返之论。且延陵高子臧之风，长卿慕相如之节，志气所托，不可夺也。吾每读尚子平、台孝威传，慨然慕之，想其为人。少加孤露，母兄见骄，不涉经学。性复疏懒，筋驽肉缓，头面常一月十五日不洗，不大闷痒，不能沐也。每常小便而忍不起，令胞中略转乃起耳。又纵逸来久，情意傲散，简与礼相背，懒与慢相成，而为侪类见宽，不攻其过。又读《庄》、《老》，重增其放，故使荣进之心日颓，任实之情转笃。此犹禽鹿，少见驯育，则服从教制；长而见羁，则狂顾顿缨，赴蹈汤火；虽饰以金镳，飨以嘉肴，愈思长林而志在丰草也。

阮嗣宗口不论人过，吾每师之而未能及；至性过人，与物无伤，唯饮酒过差耳。至为礼法之士所绳，疾之如仇，幸赖大将军保持之耳。吾不如嗣宗之资，而有慢弛之阙；又不识人情，暗于机宜；无万石之慎，而有好尽之累。久与事接，疵衅日兴，虽欲无患，其可得乎？又人伦有礼，朝廷有法，自惟至熟，有必不堪者七，甚不可者二：卧喜晚起，而当关呼之不置，一不堪也。抱琴行吟，弋钓草野，而吏卒守之，不得妄动，二不堪也。危坐一时，痹不得摇，性复多虱，把搔无已，而当裹以章服，揖拜上官，三不堪也。素不便书，又不喜作书，而人间多事，堆案盈机，不相酬答，则犯教伤义，欲自勉强，则不能久，四不堪也。不喜吊丧，而人道以此为重，已为未见恕者所怨，至欲见中伤者；虽瞿然自责，然性不可化，欲降心顺俗，则诡故不情，亦终不能获无咎无誉如此，五不堪也。不喜俗人，而当与之共事，或宾客盈坐，鸣声聒耳，嚣尘臭处，千变百伎，在人目前，六不堪也。心不耐烦，而官事鞅掌，机务缠其心，世故烦其虑，七不堪也。又每非汤、武而薄周、孔，在人间不止，此事会显，世教所不容，此甚不可一也。刚肠疾恶，轻肆直言，遇事便发，此甚不可二也。以促中小心之性，统此九患，不有外难，当有内病，宁可久处人间邪？又闻道士遗言，饵术黄精，令人久寿，意甚信之；游山泽，观鱼鸟，心甚乐之；一行作吏，此事便废，安能舍其所乐而从其所惧哉！

夫人之相知，贵识其天性，因而济之。禹不逼伯成子高，全其节也；仲尼不假盖于子夏，护其短也；近诸葛孔明不逼元直以入蜀，华子鱼不强幼安以卿相，此可谓能相终始，真相知者也。足下见直木不可以为轮，曲木不可以为桷，盖不欲枉其天才，令得其所也。故四民有业，各以得志为乐，唯达者为能通之，此足下度内耳。不可自见好章甫，强越人以文冕也；己嗜臭腐，养鸳雏以死鼠也。吾顷学养生之术，方外荣华，去滋味，游心于寂寞，以无为为贵。纵无九患，尚不顾足下所好者。又有心闷疾，顷转增笃，私意自试，不能堪其所不乐。自卜已审，若道尽途穷则已耳。足下无事冤之，令转于沟壑也。

吾新失母兄之欢，意常凄切。女年十三，男年八岁，未及成人，况复多病。顾此悢悢，如何可言！今但愿守陋巷，教养子孙，时与亲旧叙离阔，陈说平生，浊酒一杯，弹琴一曲，志愿毕矣。足下若嬲之不置，不过欲为官得人，以益时用耳。足下旧知吾潦倒粗疏，不切事情，自惟亦皆不如今日之贤能也。若以俗人皆喜荣华，独能离之，以此为快；此最近之，可得言耳。然使长才广度，无所不淹，而能不营，乃可贵耳。若吾多病困，欲离事自全，以保余年，此真所乏耳，岂可见黄门而称贞哉！若趣欲共登王途，期于相致，时为欢益，一旦迫之，必发狂疾。自非重怨，不至于此也。

野人有快炙背而美芹子者，欲献之至尊，虽有区区之意，亦已疏矣。愿足下勿似之。其意如此，既以解足下，并以为别。嵇康白。

译文：

嵇康谨启：过去您曾在山嵚面前称说我不愿出仕的意志，我常说这是知己的话。但我感到奇怪的是您对我还不是非常熟悉，不知是从哪里得知我的志趣的？前年我从河东回来，显宗和阿都对我说，您曾经打算要我来接替您的职务，这件事情虽然没有实现，但由此知道您以往并不了解我。您遇事善于应变，对人称赞多而批评少；我性格直爽，心胸狭窄，对很多事情不能忍受，只是偶然跟您交上朋友罢了。近来听说您升官了，我感到十分忧虑，恐怕您不好意思独自做官，要拉我充当助手，正像厨师羞于一个人做菜，要拉祭师来帮忙一样，这等于使我手执屠刀，也沾上一身腥臊气味，所以向您陈说一下可不可以这样做的道理。

我从前读书的时候，听说有一种既能兼济天下又是耿介孤直的人，总认为是不可能的，现在才真正相信了。性格决定有的人对某些事情不能忍受，真不必勉强。现在大家都说有一种对任何事情都能忍受的通达的人，他们外表上跟一般世俗的人没有两样，而内心却仍能保持正道，能够与世俗同流合污而没有悔恨的心情，但这只是一种空话罢了。老子和庄周都是我要向他们学习的人，他们的职位都很低下；柳下惠和东方朔都是通达的人，他们都安于贱职，我哪里敢轻视议论他们呢！又如孔子主张博爱无私，为了追求道义，即使去执鞭赶车他也不会感到羞愧。子文没有当卿相的愿望，而三次登上令尹的高位，这就是君子想救世济民的心意。这也是前人所说的在显达的时候能够兼善天下而始终不改变自己的意志，在失意的时候能够独善其身而内心不觉得苦闷。从以上所讲的道理来看，尧、舜做皇帝，许由隐居山林，张良辅助汉王朝，接舆唱着歌劝孔子归隐，彼此的处世之道是一致的。看看上面这些人，可以说都是能够实现他们自己志向的了。所以君子表现的行为、所走的道路虽然各不相同，但同样可以达到相同的目的，顺着各自的本性去做，都可以得到心灵的归宿。所以就有朝廷做官的人为了禄位，因此入而不出，隐居山林的人为了名声，因此往而不返的说法。季札推崇子臧的高尚情操，司马相如爱慕蔺相如的气节，以寄托自己的志向，这是没有办法可以勉强改变的。每当我读尚子平和台孝威传的时候，对他们十分赞叹和钦慕，经常想到他们这种高尚的情操。再加上我年轻时就失去了父亲，身体也比较瘦弱，母亲和哥哥对我很娇宠，不去读那些修身致仕的经书。我的性情又比较懒惰散漫，筋骨迟钝，肌肉松弛，头发和脸经常一月或半月不洗，如不感到特别发闷发痒，我是不愿意洗的。小便常常忍到使膀胱发胀得几乎要转动，才起身去便。又因为放纵过久，性情变得孤傲散漫，行为简慢，与礼法相违背，懒散与傲慢却相辅相成，而这些都受到朋辈的宽容，从不加以责备。又读了《庄子》和《老子》之后，我的行为更加放任。因此，追求仕进荣华的热情日益减弱，而放任率真的本性则日益加强。这像麋鹿一样，如果从小就捕捉来加以驯服养育，那就会服从主人的管教约束；如果长大以后再加以束缚，那就一定会疯狂地乱蹦乱跳，企图挣脱羁绊它的绳索，即使赴汤蹈火也在所不顾；虽然给它带上金的笼头，喂它最精美的饲料，但它还是强烈思念着生活惯了的茂密树林和丰美的百草。

阮籍嘴里不议论别人的过失，我常想学习他但没有能够做到；他天性淳厚超过一般人，待人接物毫无伤害之心，只有饮酒过度是他的缺点。以致因此受到那些维护礼法的人们的攻击，像仇人一样的憎恨他，幸亏得到了大将军的保护。我没有阮籍那种天赋，却有傲慢懒散的缺点；又不懂得人情世故，不能随机应变；缺少万石君那样的谨慎，而有直言不知忌讳的毛病。倘若长久与人事接触，得罪人的事情就会每天发生，虽然想避掉灾祸，又怎么能够做得到呢？还有君臣、父子、夫妻、兄弟、朋友之间都有一定的礼法，国家也有一定的法度，我已经考虑得很周到了，但有七件事情我是一定不能忍受的，有两件事情是无论如何不可以这样做的：我喜欢睡懒觉，但做官以后，差役就要叫我起来，这是第一件我不能忍受的事情。我喜欢抱着琴随意边走边吟，或者到郊外去射鸟钓鱼，做官以后，吏卒就要经常守在我身边，我就不能随意行动，这是第二件我不能忍受的事情。做官以后，就要端端正正地坐着办公，腿脚麻木也不能自由活动，我身上又多虱子，一直要去搔痒，而要穿好官服，迎拜上级官长，这是第三件我不能忍受的事情。我向来不善于写信，也不喜欢写信，但做官以后，要处理很多人间世俗的事情，公文信札堆满案桌，如果不去应酬，就触犯礼教失去礼仪，倘使勉强应酬，又不能持久，这是第四件我不能忍受的事情。我不喜欢出去吊丧，但世俗对这件事情却非常重视，我的这种行为已经被不肯谅解我的人所怨恨，甚至还有人想借此对我进行中伤；虽然我自己也警惕到这一点而责备自己，但是本性还是不能改变，也想抑制住自己的本性而随顺世俗，但违背本性又是我所不愿意的，而且最后也无法做到像现在这样的既不遭到罪责也得不到称赞，这是第五件我不能忍受的事情。我不喜欢俗人，但做官以后，就要跟他们在一起办事，或者宾客满座，满耳嘈杂喧闹的声音，处在吵吵闹闹的污浊环境中，各种千奇百怪的花招伎俩，整天可以看到，这是第六件我不能忍受的事情。我生就不耐烦的性格，但做官以后，公事繁忙，政务整天萦绕在心上，世俗的交往也要花费很多精力，这是第七件我所不能忍受的事情。还有我常常要说一些非难成汤、周武王和轻视周公、孔子的话，如果做官以后不停止这种议论，这件事情总有一天会张扬出去，为众人所知，必为世俗礼教所不容，这是第一件无论如何不可以这样做的事情。我的性格倔强，憎恨坏人坏事，说话轻率放肆，直言不讳，碰到看不惯的事情脾气就要发作，这是第二件无论如何不可以这样做的事情。以我这种心胸狭隘的性格，再加上上面所说的九种毛病，即使没有外来的灾祸，自身也一定会产生病痛，哪里还能长久地活在人世间呢？又听道士说，服食术和黄精，可以使人长寿，心里非常相信；又喜欢游山玩水，观赏大自然的鱼鸟，对这种生活心里感到很高兴；一旦做官以后，就失去了这种生活乐趣，怎么能够丢掉自己乐意做的事情而去做那种自己害怕做的事情呢？

人与人之间相互成为好朋友，重要的是要了解彼此天生的本性，然后成全他。夏禹不强迫伯成子高出来做官，是为了成全他的节操；孔子不向子夏借伞，是为了掩饰子夏的缺点；近时诸葛亮不逼迫徐庶投奔蜀汉，华歆不硬要管宁接受卿相的位子，以上这些人才可以说始终如一，是真正相互了解的好朋友。您看直木不可以做车轮，曲木不能够当椽子，这是因为人们不想委屈它们原来的本性，而让它们各得其所。所以士、农、工、商都各有自己的专业，都能以达到自己的志向为快乐，这一点只有通达的人才能理解，它应该是在您意料之中的。不能够因为自己喜爱华丽的帽子，而勉强越地的人也要去戴它；自己嗜好腐烂发臭的食物，而把死了的老鼠来喂养鸳雏。我近来正在学习养生的方法，正疏远荣华，摒弃美味，心情安静恬淡，追求“无为”的最高境界。即使没有上面所说的“九患”，我尚且不屑一顾您所爱好的那些东西。我有心闷的毛病，近来又加重了，自己设想，是不能忍受所不乐意的事的。我已经考虑明确，如果无路可走也就算了。您不要来委屈我，使我陷于走投无路的绝境。

我刚失去母亲和哥哥的欢爱，时常感到悲伤。女儿才十三岁，男孩才八岁，还没有成人，而且经常生病。想到这些就十分悲恨，真不知从何说起！我现在但愿能过平淡清贫的生活，教育好自己的孩子，随时与亲朋好友叙说离别之情，谈谈家常，喝一杯淡酒，弹一曲琴，这样我的愿望就已经满足了。倘使您纠缠住我不放，不过是想为朝廷物色人，使他为世所用罢了。您早知道我放任散漫，不通事理，我也以为自己各方面都不及如今在朝的贤能之士。如果以为世俗的人都喜欢荣华富贵，而唯独我能够离弃它，并以此感到高兴；这样讲最接近我的本性，可以这样说。假使是一个有高才大度，又无所不通的人，而又能不求仕进，那才是可贵的。像我这样经常生病，想远离世事以求保全自己余年的人，正好缺少上面所说的那种高尚品质，怎么能够看到官官而称赞他是守贞节的人呢！倘使急于要我跟您一同去做官，想把我招去，经常在一起欢聚，一旦来逼迫我，我一定会发疯的。若不是有深仇大恨，我想是不会到此地步的。

山野里的人以太阳晒背为最愉快的事，以芹菜为最美的食物，因此想把它献给君主，虽然出于一片至诚，但却太不切合实际了。希望您不要像他们那样。我的意思就是上面所说的，写这封信既是为了向您把事情说清楚，并且也是向您告别。嵇康谨启。

赏析：

性格即命运，有着刚直和散漫性格的嵇康，注定是不愿意被豢养的野马。他喜欢自然，崇尚老庄无为的思想。虽然生活清贫，却也自得其乐。因为刚烈，不愿涉足官场的纷争，不愿被世俗的繁文缛节所束缚，所以，他更不会委屈自己，而去做自己不喜欢的事情。从某种意义上说，他的这种个性，在曹操身上有，在老庄身上有，在现在的一些人身上也还有。

《与山巨源绝交书》，是嵇康写给朋友山涛（字巨源）的一封信，也是一篇名传千古的著名散文。这封信是嵇康听到山涛在由选曹郎调任大将军从事中郎时，想荐举他代其原职的消息后写的。信中他拒绝了山涛的荐引，指出人的秉性各有所好，申明他自己赋性疏懒，不堪礼法约束，不可加以勉强。为此，他还列出了七条“不愿意”和两条“不可能”。虽然和山涛是好友，他仍然毫不客气地拒绝了朋友的好意，言辞张弛有度。他强调放任自然，既是对世俗礼法的蔑视，也是他崇尚老、庄消极无为思想的一种反映。

陶潜（365—427），字渊明，一字无亮，自号五柳先生，后人谥为靖节。浔阳柴桑人。曾任江州祭酒、镇军参军、彭泽令等职，每次出仕时间都很短。后因不满官场黑暗，辞官归隐。他是我国文学史上著名的田园诗人，诗风平淡自然，达到目的了极高的艺术境界。有《陶渊明集》。

与子俨等疏

告俨、俟、份、佚、佟：天地赋命，生必有死，自古贤圣，谁独能免？子夏有言曰：“死生有命，富贵在天。”四友之人，亲受音旨，发斯谈者，将非穷达不可妄求，寿夭永无外请故耶？

吾年过五十，少而穷苦，每以家弊，东西游走。性刚才拙，与物多忤。自量为己，必贻俗患，俛辞世，使汝等幼而饥寒。余尝感孺仲贤妻之言，败絮自拥，何惭儿子？此既一事矣。但恨邻靡二仲，室无莱妇，抱兹苦心，良独内愧。少学琴书，偶爱闲静，开卷有得，便欣然忘食。见树木交荫，时鸟变声，亦复欢然有喜。常言：五六月中，北窗下卧，遇凉风暂至，自谓是羲皇上人。意浅识罕，谓斯言可保。日月遂往，机巧好疏，缅求在昔，眇然如何！疾患以来，渐就衰损，亲旧不遗，每以药石见救，自恐大分将有限也。

汝辈稚小家贫，每役柴水之劳，何时可免？念之在心，若何可言！

然汝等虽不同生，当思四海皆兄弟之义。鲍叔、管仲，分财无猜；归生、伍举，班荆道旧。遂能以败为成，因丧立功。他人尚尔，况同父之人哉！颍川韩元长，汉末名士，身处卿佐，八十而终。兄弟同居，至于没齿。济北氾稚春，晋时操行人也，七世同财，家人无怨色。《诗》曰："高山仰止，景行行止。"虽不能尔，至心尚之。

汝其慎哉！吾复何言。

译文：

告戒俨、俟、份、佚、佟：天地给人以生命，有生就一定有死，从古到今圣贤的人，有谁能够幸免呢？子夏有话说："死生有天命，富贵天注定。""四友"那样的人，亲自接受言谈意旨，连四友这样的人都这么说，足见穷达与否、寿命长短都是不由人的。

我年龄已过五十，年少时穷苦，每次因为家里困乏，东西游走。本性坚强学识笨拙，参加事物多不和。自己为自己考虑，一定遗留风俗灾患，勉力弃官隐居，使你们年幼就受饥寒。我曾经感叹东汉王霸的贤妻的话，坏的棉絮自己拥有，为何要使儿子惭愧呢？这是一样的事情。虽然遗憾没有二仲那样的邻居，家里没有像老莱子的妻子，胸怀这样的苦心，自己心里很惭愧。

年少时学习弹琴读书，我喜欢悠闲清净，读书有了收获，就高兴得忘了吃饭。看见树木交错着郁郁葱葱，不同季节有不同的鸟鸣声，就有十分高兴。常言道：五六月中，在北窗下睡着，遇到凉风刚到，自己认为是伏羲氏以前的人。意识浅见识少，以为这样的生活可以保持下去。随着时间的迁移，体智衰退，盛年之欢不可再来。

患疾病以来，逐渐趋向衰弱，亲人故交不抛弃，每次用药物救我，自己恐怕寿命将要到了。你们这辈从小家境贫寒，每次被驱使做砍柴挑水的劳动，什么时候可以免除啊？挂念在心里，有什么可以说的！但是虽然你们不是同一个母亲所生的，但应当想到四海之内都是兄弟的情义。鲍叔、管仲共同做买卖，分钱的时候管仲总要多占一点，但是鲍叔不觉得他贪财，因为知道他家里穷。归生、伍举都是春秋时楚国人，二人交情很好，后来伍举因罪逃到了晋国做官；归生与他相遇，二人铺荆而坐，共叙旧情。就是因为在鲍叔帮助下，管仲变失败为成功，在归生帮助下，伍举于失败（因罪出逃）后回国立了功。其他人尚且如此，何况同父辈的人啊！颍川的韩元长，汉朝末的名士，身份为卿佐，八十岁死了。兄弟一起居住，直到终身。济北的氾稚春，晋国时的操行人，七世用共同的财产，家人没有怨怒的脸色。《诗经》说：“对于古人的崇高道德则敬仰，对于他们的高尚行为则遵行、学习。”即使不能那样，诚心诚意地崇尚他们。你们可要慎重啊！我没什么再说的。

赏析：

这是陶潜晚年时节，写给五个儿子的家信。他在信里，先谈了自己对生命的看法，生死由命，富贵在天，自己面临死亡时，已经有坦然自若的态度，所以没什么恐怖的。因为自己的归隐，让家庭失去了重要的收入，过上贫困的生活，难免让儿子们受冻挨饿，所以心里有愧。

接着，他又向儿子们诉说，因为自己不喜欢官场而热爱自然的个性、志趣和爱好，所以选择了从出仕到归隐的路。文中引用孺仲妻和老莱子妻劝阻丈夫出仕的典故，表明他隐居不仕的原因和决心。作为中国历史上著名的田园诗诗人，陶渊明成为归隐诗人的典范。

信的后半部分，作者列举许多古代贤人好友相处之道，互相谦让，从不计较，希望儿子们向高尚的人学习，不要受当时社会坏习气的影响，不要在意自己的得失，要维护大家庭的和睦。谆谆之言，情恳意切。

鲍照（约415—466）南朝宋文学家，与颜延之、谢灵运合称“元嘉三大家”。他长于乐府诗，其七言诗对唐代诗歌的发展起了很重要的作用。有《鲍参军集》。杜甫在《春日忆李白》一诗中，曾有“清新庾开府，俊逸鲍参军”的名句，是对鲍诗的肯定。

登大雷岸与妹书

吾自发寒雨，全行日少，加秋潦浩汗，山溪猥至，渡溯无边，险径游历，栈石星饭，结荷水宿，旅客贫辛，波路壮阔，始以今日食时，仅及大雷。涂登千里，日一十晨，严霜惨节，悲风断肌，去亲为客，如何如何！向因涉顿，凭观川陆，遨神清渚，流睇方曛，东顾五洲之隔，西眺九派之分，窥地门之绝景，望天际之孤云。长图大念，隐心者久矣！南则积山万状，负气争高，含霞饮景，参差代雄，氵凌跨长陇，前后相属，带天有匝，横地无穷。东则砥远隰，亡端磨际。寒蓬夕卷，古树云平。旋风四起，思鸟群归。静听无闻，极视不见。北则陂池潜演，湖脉通连。苎蒿攸积，菰芦所繁，栖波之鸟，水化之虫，智吞愚，强捕小，号噪惊聒，纷乎其中。西则回江永指，长波天合。滔滔何穷，漫漫安竭！创古迄今，舳舻相接。思尽波涛，悲满潭壑。烟归八表，终为野尘。而是注集，长写不测，修灵浩荡，知其何故哉！西南望庐山，又特惊异。基压江潮，峰与辰汉相接。上常积云霞，雕锦缛。若华夕曜，岩泽气通，传明散彩，赫似绛天。左右青靄，表里紫霄。从岭而上，气尽金光，半山以下，纯为黛色。信可以神居帝郊，镇控湘、汉者也。若瀰洞所积，溪壑所射，鼓怒之所击，涌之所宕涤，则上穷荻浦，下至犭希洲，南薄燕，北极雷淀，削长埤短，可数百里。其中腾波触天，高浪灌日吞吐百川，写泄万壑。轻烟不流，华鼎振。弱草朱靡，洪涟陇蹙。散涣长惊，电透箭疾。穹溘崩聚，坻飞岭复。回沫冠山，奔涛空谷。石为之摧碎，石为之落。仰视大火，俯听波声，愁魄胁息，心惊矣！至于繁化殊育，诡质怪章，则有江鹅、海鸭、鱼鲛、水虎之类、豚首、象鼻、芒须、针尾之族、石蟹、土蚌、燕箕、雀蛤之俦。折甲、曲牙、逆鳞、返舌之属。掩沙涨，被草渚，浴再排风，吹涝弄翩。父景欲沉，晓雾将合，孤鹤寒啸，游鸿远吟，樵苏一叹，舟子再泣。诚足悲忧，不可说也。

风吹雷飙，夜戒前路。下弦内外，望达所届。寒暑难适，汝专自慎。夙夜戒护，勿我为念。恐欲知之聊书所睹，临涂草蹙，辞意不周。

译文：

我自从冒着寒雨出发，整个行程中很少见到太阳，加上秋天的雨水浩漫无边，山间溪水大量流入长江，逆流而上行驶在宽阔无边的江面，游历在险绝的路上，在栈道上、星光下吃饭，结荷叶为屋歇宿在水边。旅途行客的贫苦艰辛，水路的壮阔漫长，所以直到今天早饭时，才到达大雷岸。路途行程千里，日子过了十天。凛冽的寒霜刺痛骨节，悲凉的秋风割人肌肤。离开亲人成为行客，心情是何等的凄怆！

前些日子因为且行且宿，凭览河川与陆地；骋目娱怀于清流中的洲渚，纵目远眺黄昏的景色；向东回顾有五洲之隔，向西眺望江有九道之分。看地门的绝妙奇景，望天边的冉冉孤云。宏图大志，激发于心已经很久了！南面重重叠叠的山峦呈现各种形状，负恃着气势竞相比高，映含着鲜艳的朝霞、闪射着灿烂的阳光，峰峦高低错落迭递着争高称雄，超越田中高高隆起的长陇，前后相连，可以环绕天边一周，横亘着大地无穷无尽。东面则是磨刀石一样平坦的原野、越远越低，无边无际。寒风中的蓬草在黄昏时卷起，高大的古树上与云平。旋风四面而起，思念故巢的鸟成群而归。静听风声却又寂然无闻，极目凝视鸟却不见。北面则是陂塘水泽和潜流，与湖水水脉相通。苎麻、蒿草积聚，菰米、芦苇丛生。栖息在水上的鸟，水中的鱼，智者吞吃愚者，大的捕捉小的，呼号噪叫、惊扰嘈杂，在水泽中纷纷攘攘。西面则是曲折的江水永远流淌，浩渺的水波与天相连。长流滔滔哪得穷尽、浩浩荡荡怎会枯竭！从古至今，行船前后相接。乡思全都溶入了波涛，悲怆填满了深潭丘壑。烟云飞归八极之外，最终化为天地间的尘埃。而江河奔腾汇集，永远东流不可捉摸。江河浩荡，知道它是什么原因呢！转向西南望见庐山，独立雄峙更令人惊异。山脚压着大江的潮水，峰顶与星辰天汉相接。上面常常堆积着云霞，犹如雕锦缛采。夕晖映射出若木之花般的霞光，山岩与水泽上的雾岚连成一片，闪烁着光辉散下绚烂的彩霞，赫赫的光焰把天空照得一片通红。两旁升腾的青霭，环绕着紫霄峰周围。由山岭而上，雾岚散尽的山顶闪射出一片金光。半山腰以下，纯粹是青苍的黛色。庐山确实可以凭借天神的威力，镇守控制着湘江、汉水流域。至如小水积聚汇入大水迅疾地奔流，山谷间溪水喷射，像憋着怒气那样互相撞击，洄流奔涌般激荡，则上穷尽于荻浦，下至于狶洲，南面迫近于燕，北面穷极于雷淀，削长补短，水流可至数百里。其中翻腾的波浪碰到天穹，高高的浪花灌进红日，吸进吐出百条河川，奔泻腾泄于千岩万壑。波上轻烟水雾凝聚而不流动，如华丽的鼎中水在沸溢。细弱的岸草茎叶从水披靡，巨浪渐渐迫近了田陇。巨浪崩散常常令人惊恐，像闪电般穿越、飞箭般迅疾。浪峰一会儿聚起一会儿跌碎，简直要把河岸冲走使山岭颠覆。回迸的飞沫高过山顶，奔腾的江涛扫空山谷。河边的捣衣石被撞击得粉碎，曲折的河岸被冲刷成碎末飞落。抬头仰看天上的火星，低头俯听水上的波声，恐惧得使人屏住了呼吸，急疾得使人魄悸而心惊。至于繁殖繁衍的各种水生动物，大都有奇异的躯体怪诞的外形，有江鹅、海鸭、鱼鲛、水虎之类，有豚首、象鼻、芒须、针尾之族，有石蟹、土蚌、燕箕、雀蛤之辈，有折甲、曲牙、逆鳞、返舌之属。遮掩在逐浪的沙滩上，躲避在长满草的洲渚边，沐浴在雨中并列迎风，吐着水沫、梳理着毛羽。在夕阳就要西沉，晨雾即将弥漫之际，孤鹤在寒风中悲鸣，游荡的鸿鹄在远处哀吟，砍柴取草的人一声叹息，船夫再次哭泣，游子的心实在非常悲怆忧愁，非言语所能表达。

风吹送着雷霆狂飙，夜间必须提防前途。本月二十三、二十四日前后，可望达到目的地。冷暖难以调适，你务必自己当心。早晚当心保重，不要为我挂念。恐怕你想知道我旅中的近况，故聊且写下我的所见所感。途中匆匆草就，措辞达意恐或不周。

赏析：

这是一篇色彩瑰丽、写景如绘的骈文家书。信中先对亲人诉说了旅途生活的艰辛，和背井离乡的愁苦。接着描绘了九江、庐山一带山容水貌和云霞夕晖、青霜紫霄的奇幻景色。并巧妙地把因山河壮丽所激发的豪情融于山水描写之中，有情有景，情景交融。

本文写于宋文帝永嘉十六年（439 年），临川王刘义庆出镇江州，引鲍照为佐吏。是年秋，鲍照从建康（今南京）西行赶赴江州，至大雷岸（今安徽省望江县附近）作此书致妹鲍令晖。结尾几句，对妹妹的叮嘱与关切，体现了浓厚的亲情。

陶弘景（456—536），南朝梁时丹阳秣陵（今江苏南京）人。著名的医药家、炼丹家、文学家，人称“山中宰相”。作品有《本草经集注》、《集金丹黄白方》、《二牛图》等。

答谢中书书

山川之美，古来共谈。高峰入云，清流见底。两岸石壁，五色交辉。青林翠竹，四时具备。晓雾将歇，猿鸟乱鸣；夕阳欲颓，沈鳞竞跃。时是欲界之仙都，自康乐以来，未复有能与其奇者。

译文：

山河的壮美，是自古以来人们共同谈赏的。这里的高峰插入云霄，清流澄澈见底，河流两岸悬崖峭壁，在阳光下各种光彩交相辉映。苍青的密林和碧绿的竹子，一年四季常青葱翠。每当早晨，夜雾将要消歇，可听到猿猴长啸，鸟雀乱鸣；每当傍晚，夕阳将落，可见到水中的鱼儿竞相跳跃。这里实在是人间的仙境啊！自从谢灵运之后，还没有人能置身这佳美的山水之中。

赏析：

这封信，其实是一篇画面感很强的短诗，所描绘的场面，有声有色，如在眼前，如在耳边。借物抒情，慨叹人生其实时时可以临仙境，抛弃俗事的烦恼。作者正是将谢中书当做能够谈山论水的朋友，同时也期望与古往今来的林泉高士相比肩。

“高峰入云，清流见底”，极力描写山之高，水之净，用笔洗练，寥寥八字，就写出了仰观俯察两种视角，白云高山流水三重风物，境界清新。“两岸石壁，五色交辉。青林翠竹，四时俱备”，又改用平远、高远的视角极目远眺，青翠的竹木与五彩的山石相映衬，呈现出一派绚烂辉煌的气象，在清爽宜人的画卷上平添了万物勃发的生命力。“晓雾将歇，猿鸟乱鸣；夕阳欲颓，沉鳞竞跃”，画面感极强，由静景转入对动景的描写。猿鸟的鸣叫声穿越了清晨即将消散的薄雾，传入耳际；夕阳的余晖中，鱼儿在水中竞相嬉戏。这四句通过朝与夕两个特定时间段的生物的活动，又为画面增添了灵动感，传达了生命气息。这十句作者择取有代表性的景物加以组合，使读者对山川景物产生完整、统一的印象。

最后，文章又以感慨收束，“实欲界之仙都”，这里实在是人间的仙境啊！自从谢灵运以来，没有人能够欣赏它的妙处，而作者却能够从中发现无尽的乐趣，带有自豪之感，期与谢公比肩之意溢于言表。

王国维云：“一切景语皆情语。”本文写景，没有仅仅停留在景物本身，而是抓住景物的灵魂，即自然万物的勃勃生机，通过高低、远近、动静的变化，视觉、听觉的立体感受，来传达自己与自然相融合的生命愉悦，体现了作者酷爱自然、归隐林泉的志趣。文字明朗，毫不雕琢。

徐勉（466—535）字修仁，南朝东海郯（今山东郯县）人。仕梁历任吏部尚书、中书令等职。著有《会林》等五十卷，又为人作章表集十卷。

为书诫子嵩

吾家世清廉，故常居贫素。至于产业之事，所未尝言，非直不经营而已。薄躬遭逢，遂至今日，尊官厚实禄，可谓备之。每念叨窃若斯，岂由才致？仰藉先代风范及以福庆，帮臻此耳！古人所谓以清白遗子孙，不亦厚乎！

译文：

我家世代都很清廉，因此常过着清贫朴素的生活，至于产业的事情，从未谈起过，不只是从来没有营求过。自身卑微辛苦的际遇，就一直到了今天，尊贵的官职和丰厚的俸禄，可以说是都有了。每想到叨光得到这些，哪里是由于自己的才能呢？那是依靠先代的风范榜样，以及靠着福运降临，才能这样啊。

古人所说将清白留给子孙，不也是很丰厚的礼物吗？

赏析：

教育子女学会做人，注重个人品行的修行，学会和朋友谦虚的相处，懂重节俭，是古代家书中最常谈论的事情，从古至今，这几乎是做长辈对后代最常见的叮嘱。可见，自古至今，言传身教一直是中国教育最常见的方法。

徐勉居官以清廉为名，教育子女也把人格的完善放在首位，要求他们甘于清苦，不要羡慕繁华，贪图物质的享受。在这封诫子书中，他以祖上世代为官清廉而感到自豪。在他看来，加强个人的品德修养，比经营家产要好得多，表示要“以清白遗子孙”，希望儿子能继承自己的志向。本文选自《梁书·徐勉传》。

吴均（469—520），字叔庠。南朝梁史学家，文学家，时官吴兴主簿。明人辑有《吴朝清集》。

与宋元思书

风烟俱净，天山共色。从流飘荡，任意东西。自富阳至桐庐一百许里，奇山异水，天下独绝。

水皆缥碧，千丈见底。游鱼细石，直视无碍。急湍甚箭，猛浪若奔。

夹岸高山，皆生寒树，负势竞上，互相轩邈，争高直指，千百成峰。泉水激石，泠泠作响；好鸟相鸣，嘤嘤成韵。蝉则千转不穷，猿则百叫无绝。鸢飞戾天者，望峰息心；经纶世务者，窥谷忘反。横柯上蔽，在昼犹昏；疏条交映，有时见日。

译文：

风停了，烟雾都消散尽净，高爽晴空，一尘不染，与青青远山融为一色。（乘船）随水流漂浮游荡，任凭船儿时而向东，时而向西。从富阳到桐庐，大约一百多里，奇峭的山和奇异的水，是天下独一无二的景色

春江水都呈青绿色，千丈深的江水清澈见底。江底游动的鱼儿和细小的石子一眼望下去，毫无障碍。急流的江水比箭还快，迅猛的大浪像飞奔的骏马。

两岸的高山上全都生长着耐寒常绿的树。山峦凭借着（高峻的）地势，争着向上，往高处和远处伸展。（群山）笔直的向上，直插云天，形成千百座山峰。泉水冲击着岩石，泠泠地发出声响。美丽的百鸟相向和鸣，鸣声嘤嘤，和谐动听。蝉儿长时间地叫个不停，猿猴的叫声也从不消失。那些极力追求名利的人，看到这些雄奇的高峰，就会平息追求功名利禄的心；那些治理政务的人，看到（这些幽美的）山谷，（就会）流连忘返。横斜的树枝在上面遮蔽着，即使是在白天也像黄昏时那样昏暗；稀疏的枝条交相掩映，有时还可以看见太阳。

赏析：

这封信，是描写风光的名文。历来被奉为山水小品的典范。

作者以简练明快的笔墨，描绘了一幅充满生机的大自然画卷，且仅用一百四十四字便生动逼真地描绘出富春江沿途的绮丽风光，被视为骈文中写景的精品。吟诵此文，但觉景美、情美、词美、章美，如此短的篇幅，却给人以美不胜收之感，令人叹为观止。

文章开篇以简洁的笔触，给人们勾画了富春江山水的背景：阳光明媚，天高云淡，空气清新，山色苍翠，并总述自富阳至桐庐水上之游的总体印象："奇山异水，天下独绝"。第二段写"异水"。先抓住其"缥碧"的特点，静中有动，动静结合，显示出了富春江水的秀丽之美和壮观之美，突出地表现了一个"异"字。第三段写"奇特的山"。山本是静止的，而在作者笔下，却仿佛有无穷的奋发向上的生命力，它们仿佛要挣脱大地，直上青天，欲罢不能。以动衬静，空山幽谷之中，泉水叮

咚，百鸟和鸣，知了叫个不停，猿猴啼个不住，这些欢快的声音，汇成一曲对生命的颂歌，把这寂静的山谷，变成一个热闹、和谐、欢乐、祥和的世界。接着，又写出了谷中枝密林茂，浓荫蔽目，在白天也只是“有时见日”的幽暗的景象。

作者的志趣，既不同于“知其不可而为之”的积极入世，又不同于“采菊东篱下，悠然见南山”的消极遁世，它是一种对轻松自然的崇尚，对自由和谐的向往，对欢乐生命的礼赞。它比前者少了份严肃，多了份潇洒，比后者少了份悲观，多了份开朗，因而更具一份常人心态，也就更容易使人接受并感到亲切。

庾信（513—581），字子山，南阳新野（今河南新野）人。初仕梁，任职御史中丞，后转右卫将军。四十二岁时，出使西魏，值西魏灭梁，羁留长安，不得返回。后又仕北周，官至骠骑大将军、开府仪同三司。庾信诗文极受后人推崇，骈文也是六朝的代表。著有《庾子山集》。

为梁上黄候世子与妇书

昔仙人导引，尚刻三秋；神女将梳，犹期九日。未有龙飞剑匣，鹤别琴台，莫不衔怨而心悲，闻猿而下泪。人非新市，何处寻家；别异邯郸，那应知路？想镜中看影，当不含啼；栏外将花，居然俱笑。分杯帐里，却扇床前。故是不思，何时能忆？当学海神，逐潮风而来往；勿如织女，待填河而相见。

译文：

从前仙人杜兰香往见张硕，尚且不过相隔三年；玉女知琼别离弦超，犹有相会之期。这哪里比得上龙飞、鹤别夫妻分离之苦，伤离怨别心悲切，哭声凄厉哀怨深。我虽不是饥荒年月的离乱之人，但家在哪里？我们分手不是在邯郸，回家之路在何方？现在我只希望能在镜中与你相见了，当不致哀啼；如若能隔栏送花，我也就心满意足了。想当年，新婚之时，你我分瓢而饮，你床前去扇露娇容，这一幕幕情景，永远值得我回忆。愿我们能像海神一样，时刻伴随着海潮风浪，朝朝暮暮不分离；别像牛郎织女，要待乌鹊填河成桥再相会。

赏析：

和现在写情书不一样的是，魏晋南朝时，士大夫夫妻之间书信往还，往往会请身边的朋友代笔。

这是庾信代萧悫写给他妻子的信。萧悫，字仁祖，是南朝梁上黄候萧晔的嫡子。北齐天保中入齐，武平中为太子洗马。其妻当仍在建康或江陵，一时暂离，竟成永诀。庾信也如萧悫一样，被长期羁留在北方，得以代之情，而且也寄托了作者的家国之思。

这封代写的家书，之所以成为千古名篇，是因为作者由此及彼，推人及己，在信中抒发了自己的离别之苦，与思念之痛。

骆宾王（约619—约687）字观光，婺州义乌（今浙江义乌）人。唐初诗人，与王勃、杨炯、卢照邻合称“初唐四杰”。又与富嘉谟并称“富骆”。武则天光宅元年（684年），徐敬业起兵讨伐武则天，他作为秘书，起草了著名的《讨武曌檄文》。

与博昌父老书

某月日，骆宾王谨致书于博昌父老：承并无恙，幸甚幸甚。云雨俄别，风壤异乡。春渚青山，载劳延想。秋天白露，几变光阴。古人云：别易会难，不其然也！

自解携襟袖，一十五年。交臂存亡，略无半在。张学士溘从朝露，辟闾公倏掩夜台。故吏门人，多游蒿里；耆年宿德，但见松丘。呜呼！泉壤殊途，幽明永隔。人理危促，天道奚言？感今怀旧，不觉涕之无从也。况过隙不留，藏舟难固。追惟逝者，浮生几何？哀缘物兴，事因情感。虽蒙庄一指，殆先觉于劳生；秦佚三号，讵忘情于怛化？啜其泣矣，尚何云哉？

又闻移县就乐安故城，廨宇邑居，咸徙其地；里闬阡陌，徒有其名。荒径三秋，蔓草滋于旧馆；颓墉四望，拱木多于故人。嗟乎！仙鹤来归，辽东之城郭犹是；灵乌代谢，汉南之陵谷已非。

昔吾先君，出宰斯邑，清芬虽远，遗爱犹存。延首城池，何心天地？虽则山河四塞，是称无棣之墟；松槚千秋，有切维桑之里。故每怀夙昔，尚想经过。于役不遑，愿言徒拥。

今西成有岁，东户无为。野老清谈，怡然自得；田家浊酒，乐以忘忧。故可洽赏当年，相欢卒岁。宁复惠存旧好，追思昔游？所恨跂予望之，经途密迩。伫中衢而空轸，巾下泽而莫因。风月虚心，形留神往；山川在目，室迩人遐。以此劳怀，增其叹息，情不遗旧，书何尽言。

译文：

博昌的父老乡亲：接到来信，得知乡亲们都平安无事，我很高兴！我们像云与雨一样突然分别，之后我就流落到了异乡。每当看到春天长满青草的小洲，望见夏天苍翠碧绿的青山，我就不禁引发对故乡长久的思念。秋天的白露呀（白露前后，大雁南飞，令人思乡），也更让我想起分别后那些易逝的时光。古人说：离别容易相见难，不正是这样吗？

自从我和父老乡亲们离别，一晃已经一十五年了。朋友们有的已经去世，活着的大概没有一半了。张学士如同早晨的露水一样忽然逝去，接着辟闾公也突然到了阴间地府。原来的下属宾客学生等，也多半离开人世。而那些德高望重的老人，现在也只能看到他们长满松柏的坟地。哎！阴阳之间，人鬼殊途，生死永别。人生短促，天道也说不清楚呀！感慨今天，怀念过去，我的眼泪不知不觉滚滚而下。况且人生苦短如白驹过隙，死生无常即使是保藏的很好的船只也难以幸免。在追忆死者的同时，不禁感慨我又能在世上活有多久呢？情绪因睹物思人而悲哀，感情因事随境迁而伤感。虽然庄子把天地万物看作一个手指那样轻，他大概也是早就觉悟到人生的劳苦吧。秦佚大哭三声，又岂能因为老子之死而忘记两人之间的情谊呢？除了哽咽哭泣，我还有什么话可说的呢？

又听说把博昌县城迁移到了乐安旧城，官署衙门，全都迁往乐安。博昌的街道巷里，只留下一个个空名。荒无人迹的道路上，多年来杂草丛生，野草长满了旧时的房舍。站在断墙残壁上四下一望，坟地上的树木比故人还多。哎！仙鹤归来，辽东的城郭已物是人非了；时光流逝，汉南的陵谷已今非昔比了。

以前我的父亲，曾经出任博昌县令，他良好的政治名望虽然已经久远，但给百姓留下来的仁惠至今犹存。遥望博昌故城，天地是怎样一副心肠，竟能忍心令人如此悲伤？虽然博昌城四周有山河之险，但这时却成了无棣的废墟；虽然到处长满坟松冢柏，但仍有家乡的亲切之感。所以每当想起以前的事情，就总希望能再回故地重游。只因公务繁忙，空有心愿罢了。

今年丰收，世事太平。田家父老能够无事闲谈，高高兴兴，自得其乐；畅饮农家的浊酒，高兴得忘记了烦忧。正是应当及时行乐，高高兴兴地度过岁末呀。我们还能怀念旧日的友谊，追想从前游玩的快乐吗？我怀恨的是经常一踮脚尖就可以看到家乡，所经之路离家乡很近了却无法回到故乡。我常无缘无故地在路旁停下车子，长时间地站在四通八达的大路上，为自己不能回故乡一探而感到哀伤。尽管我的身体停留在自然美景之中却无心观赏，因为我的心思早已飞到了家乡。家乡的山河一切应该还是历历在目吧，可离故乡近了而离父老乡亲却仍然很远。因为这些我的内心无比苦闷，又增添了许多无尽的叹息。这些难以忘掉的旧日情谊呀，哪里是一封信能够写完的啊！

赏析：

怀旧是人的本能，也是对过往生活的检索。也许是因为现实生活总不能令我们满意，有人说，人们总是在回忆中获得满足与幸福感。

在这封写给儿时居住的县城内的父老乡亲的信里，作者骆宾王回忆了少年时代的人和物。博昌并不是作者的故乡，却是他少年时代长期生活过的地方，留下了难忘的成长的记忆，可以说“不是故乡，胜似故乡”。博昌父老的来信，牵动了作者的思乡之情。怅忆离别，怀人叙旧，感时叹逝，抒发物是人非的感慨，凡此种种构成全信的基调。作者也深深愧怍公务在身，路过博昌却又不能看望父老，咫尺天涯，徒增叹息。全文情真意切，叙事委婉，语言古雅，读之感人至深。

王维（701—761），字摩诘，汉族，河东蒲州（今山西运城）人，祖籍山西祁县，王维是盛唐诗人的代表，王维精通佛学，受禅宗影响很大，有“诗佛”之称。王维诗书画都很有名，非常多才多艺，音乐也很精通，与孟浩然合称“王孟”。

山中与裴秀才迪书

近腊月下，景气和畅，故山殊可过。足下方温经，猥不敢相烦，辄便往山中，憩感配寺，与山僧饭讫而去。

北涉玄灞，清月映郭。夜登华子冈，辋水沦涟，与月上下。寒山远火，明灭林外。深巷寒犬，吠声如豹。村墟夜舂，复与疏钟相间。此时独坐，僮仆静默，多思曩昔，携手赋诗，步仄迳，临清流也。

当待春中，草木蔓发，春山可望，轻鯈出水，白鸥矫翼，露湿青皋，麦陇朝雊，斯之不远，傥能从我游乎？非子天机清妙者，岂能以此不急之务相邀？然是中有深趣矣。无忽。因驮黄檗人往，不一。山中人王维白。

译文：

现在接近十二月末，景色、气候温和舒畅，旧居蓝田山很值得一游。我知道你正在温习经书（准备应试），不敢轻易打扰你，就独自去山中游玩，在感配寺休息，同山僧一起吃过斋饭后才离去。

等到渡过灞水，（这时）清朗的月亮已经映照着城郭。在夜间登上华子冈，只见辋川水在月光的照耀下微波荡漾。冬天远处的火光在树林间忽明忽暗。还可以听到从深深的小巷里传出像豹子叫似的犬吠声。晚上村中用杵臼捣谷（的声音），又与庙宇传来的稀疏的钟声相互交错。我独坐在那里，跟来的僮仆已入睡，常常回忆起往日，同你在一起的日子，（我们）携手赋诗，在小径间漫步，在清流旁伫立。

等到来年春季，草树蔓延生长，可以看到山色一片新绿，小白条鱼浮出水面，白鸥展翅飞翔，水露润湿了河岸，麦田里早晨野鸡鸣叫，这美丽的景色不久就会有了，您能和我一起游玩吗？如不是你这样天性敏慧、性情高远的人，我哪能用这不打紧的闲事相邀呢？然而，这里可是有着浓厚的情趣啊！不要忽略。托运送黄檗的人顺便带信给你，不能一一尽言。山中人王维说。

赏析：

和陶渊明一样，王维也是热爱山水的田园诗人，对于田园和自然风光，会发出由衷的赞美。和陶渊明相比，王维的山水田园诗中，更多的带有画面意境。

本文是王维写给他的朋友的书信。裴迪是作者的好友，《辋川集》就是他二人的唱和诗集，记录了他们的生活和逸兴雅趣。写这封信时，裴迪已回家去温习经书准备应试了，王维深感寂寞，只得独自去游山赏景。文中“深趣”反映了作者热爱自然，醉情山水，身居其中，其乐无穷；也可理解为作者厌恶官场，意欲归隐之意。

王维于开元二十年前后曾在辋川隐居，他对田园风光、自然山水怀有特殊的情感，写了许多诗歌赞美那里的生活和景物。在隐居生活中他经常和野老共话桑麻，同朋友饮酒赋诗，与山僧谈经论道。在这些人中，裴迪是他最好的伴侣。早在移居辋川之前，他们就一同在终南山隐居过，得宋之问蓝田别墅后，他们又经常“浮舟往来生，弹琴赋诗，啸咏终日”。

李白（701—762），字太白，号青莲居士，出生于剑南道之绵州（今四川绵阳江油市青莲乡），一说生于西域碎叶城（今吉尔吉斯斯坦托克马克），伟大的浪漫主义诗人，有“诗仙”之称。存世诗文千余篇，代表作有《蜀道难》、《将进酒》等诗篇，有《李太白集》传世。762年病逝于安徽当涂，享年61岁。

上安州裴长史书

白闻天不言而四时行，地不语而百物生。白人焉，非天地也，安得不言而知乎？敢剖心析肝，论举身之事，便当谈笔，以明其心。而粗陈其大纲，一快愤懑，惟君侯察焉。

白本家金陵，世为右姓。遭沮渠蒙逊难，奔流咸秦，因官寓家。少长江汉，五岁诵六甲，十岁观百家。轩辕以来，颇得闻矣。常横经籍书，制作不倦，迄于今三十春矣。以为士生则桑弧蓬矢，射乎四方，故知大丈夫必有四方之志。乃杖剑去国，辞亲远游。南穷苍梧，东涉溟海。见乡人相如大夸云之事，云楚有七泽，遂来观焉。而许相公家见招，妻以孙女，便憩于此，至移三霜焉。

曩昔东游维扬，不逾一年，散金三十余万，有落魄公子，悉皆济之。此则是白之轻财好施也。又昔与蜀中友人吴指南同游于楚，指南死于洞庭之上，白禫服恸器，若丧天伦。炎月伏尸，泣尽而继之以血。行路间者，悉皆伤心。猛虎前临，坚守不动。遂权殡于湖侧，便之金陵。数年来观，筋骨尚在。白雪泣持刃，躬申洗削。裹骨徒步，负之而趋。寝兴携持，无辍身手。遂丐贷营葬于鄂城之东。故乡路遥，魂魄无主，礼以迁窆，式昭明情。此则是白存交重义也。又昔与逸人东严子隐于岷山之阳，白巢居数年，不迹城市。养奇禽千计。呼皆就掌取食，了无惊猜。广汉太守闻而异之，诣庐亲睹，因举二以有道，并不起。此白养高忘机，不屈之迹也。

又前礼部尚书苏公出为益州长史，白于路中投刺，待以布衣之礼。因谓群寮曰："此子天才英丽，下笔不休，虽风力未成，且见专车之骨。若广之以学，可以如比肩也"。四海明识，具知此谈。前此郡督马公，朝野豪彦；一见礼，许为奇才。因谓长史李京之曰："诸人之文，犹山无烟霞，春无草树。李白之文，清雄奔放，名章俊语，络绎间起，光明洞澈，句句动人。"此则故交元丹，亲接斯议。若苏、马二公愚人也，复何足尽陈？倘贤贤也，白有可尚。

夫唐虞之际，于斯为盛，有妇人焉，九人而已。是知才难不可多得。白，野人也，颇工于文，惟君侯顾之，无按剑也。伏惟君侯，贵而且贤，鹰扬虎视，齿若编贝，肤如凝脂，昭昭乎若玉山上行，朗然映人也。而高义重诺，名飞天京，四方诸侯，闻风暗许。倚剑慷慨，气干虹霓。月费千金，日宴群客。出跃骏马，入罗红颜。所在之处，宾朋成市。故时节歌曰："宾朋何喧喧！日夜裴公门。愿得裴公之一言，不须驱马将华轩"。白不知君侯何以得此声于壤之间，岂不由重诺好贤，谦以得也？而晚节改操，栖情翰林，天才超然，度越作者。屈佐郧国，时惟清哉。棱威雄雄，下熠群物。

白窃慕高义，已经十年。云山间之，造谒无路。今也运会，得趋未尘，承颜接辞，八九度矣。常欲一雪心迹，崎岖未便。何图谤詈忽生，众口攒毁，将欲投杼下客，震于严威。然自明无辜，何忧悔吝！孔子曰："畏天命，畏大人，畏圣人之言"。过此三者，鬼神不害。若使事得其实，罪当其身，则将浴兰沐芳，自屏于烹鲜之地，惟君侯死生。不然，投山窜海，转死沟壑。岂能明目张胆，托书自陈耶！昔王东海问犯夜者曰："何所从来?"答曰："从师受学，不觉日晚"。王曰："吾岂可鞭挞宁越以立威名?"想君侯通人，必不尔也。

愿君侯惠以大遇，洞天心颜，终乎前恩，再辱英眄。白必能使精诚动天，长虹贯日，直度易水，不以为寒。若赫然作威，加以大怒，不许门下，遂之长途，白既膝行于前，再拜而去，西入秦海，一观国风，永辞君侯，黄鹄举矣。何王公大人之门，不可以弹长剑乎?

译文：

李白听说，天不会说话，可是四季交替，地不会说话，可是百物生长。李白是人，不是天或地，怎能不说话而传达出心声呢？所以敢于敞开心扉，说一说自己的身世特长，当做谈资，以此来表明心意。可篇幅所限，只能选择主要的，把心中的郁积吐露出来，便觉快意了，只希望君侯您来明察其中的隐情。

李白曾住在金陵一段时间，事实上我们家世代是高门大姓。我其实是李暠的后世孙，李暠死后，其子李歆即位，被沮渠蒙逊击败。这样，祖上又奔逃流亡到秦的都城咸阳，由于身份显贵，也曾在那里住过。我从小在江汉长大，五岁开始诵读六甲，十岁开始阅读诸子百家之书。从始祖轩辕一直到现在，都十分了解。常常废寝忘食，连睡觉都枕着书，不知疲倦地写作，到现在已经有三十年了。私下以为，大丈夫活着就要志在四方，所以挎着宝剑，离开故国，告别亲人，远游他乡。向南走到边远的苍梧之地，向东一直走到大海边。因为司马相如是我的同乡人，见他著文夸说云梦大泽，所以特意跑来观看。天赐良缘，被武后朝宰相许圉师家招为孙女婿，便把家安置在此，已经有三年了。

往日曾东游扬州，不到一年，就挥撒金钱三十余万，用来救济那些贫穷落魄的读书人。这是李白轻财好施的表现。曾经与蜀中的友人吴指南一同来游楚地，吴指南病死在洞庭湖上，李白除去丧服时还在痛哭不止，好像失去了亲人一样。炎热的天气里，伏在他的尸体上，眼泪都哭干了，最后眼内流出血来。过往行人见了，没有不替我伤心落泪的。有一只老虎被惊动走来，我仍坚守在尸体旁边一动不动。然后权且将他葬在洞庭湖边，便到金陵办事去了。几年以后来剖坟觅尸，发现筋骨尚没有腐净，我便洒泪持刀，亲自剥洗干净，然后把他的尸骨小心地裹住包好，背起来徒步而行，不分昼夜，始终不离身上。最后选买好墓址，将他改葬在鄂城东面的一块风水宝地。这是因为，见他故乡遥远，魂魄无所归，便依礼用心改葬，也证明了我对朋友的深厚感情。这是李白存交重义的一个具体表现。

过去又曾经与世外高人东严子隐居在岷山南面，结巢而居多年，其间从未下山。我们养奇禽异鸟数以千计，训练得只要呼唤一声，就飞到手掌上来啄食，一点也不害怕。广汉太守听说，深感惊奇，亲自到我们结巢成庐的地方来观看，故而要举荐我们参加道科考试，以应制举，我们没有答应。这是李白培养自己高洁志趣，忘记机巧，不趋从俗事俗务的表现。

再有，前礼部尚书苏颋苏大人出任益州长史时，李白迎在道路中间投书自荐，苏大人以布衣之礼接待了我，因而对僚属们说："这个年轻人才华横溢，风度翩翩，下笔千言，诗文虽未达于化境，却也初具规模。如果勤学苦练，进一步开阔眼界，便可以赶上司马相如了。"海内明达之士，没有不知道这件事的。本郡督马公，虽身在草野，乃才智过人之士，和李白甫一见面，才施过礼，就称许李白为奇才。因而对长史李京之说："这么多人的文章，犹如山中没有烟霞，春天里不长草树。唯有李白的文章，清俊雄奇奔放，精彩的词句，在字里行间闪闪烁烁，光彩照人，饱含理趣，没有一句不动人的。"这是熟悉我的人最中肯的评议。如果苏相、马公是愚蠢的人，为什么会评价得这样准确呢？如果说贤能之人才能看好贤能者，那么李白自有才情过人的地方。

想那尧舜时代，乃太平盛世，也是人才难得，十个大臣中有一个是妇女，实际上只有九个人而已。李白，乃草野中人，文章却写得很好，只盼望能引起您的重视，而不是有所警惕地看着我。只有君侯您，高贵而又贤德，像高飞的雄鹰那样犀利，如猛虎视物那样不可侵犯，皓齿就像编排起来的贝壳一样洁白整齐，皮肤白皙如膏脂凝成，走起路来如玉山上行，光彩照人。而且为人高义，一诺千金，名望达于京城内外，四方封属，提起来，没有人不称赞的。您仗剑孑立，慷慨高歌，气概冲天。您存交重义，日日大宴宾客，月费达于千金。您风流倜傥，出门便跨骏马驰骋，回来红颜知己鸽旋周围。您所到之处，高朋满座，无比的喧嚷热闹。所以时下许多人击节而歌道："宾朋满座真热闹，门庭若市裴公家。甘愿得到裴公一句话，不用策马追风另求别的了。”李白不知道君侯您凭什么播布这样好的名望于天地之间。哦，我明白了，一定是重诺好贤、谦和待人、礼贤下士的结果吧？您晚年节操益厚，意守风雅，属意文士，更显出您的文采超群，有擢拔后进之贤能。大唐因为有您这样的人才而海内清一，您的这种威仪，没有不愿意趋就的。

李白私下追慕您的高风亮节，已有十年了。奈何云山阻隔，拜谒无门。如今风云际会，虽然有点晚了，到底找到机会趋就于您，您很开恩，让我跟你接言说话，已经八九次了。经常想对您一吐块垒，奈何有诸多不便。何至于忽然谣言四起，毁谤突生，众人一致加罪于我，要将我从您身边赶开，让我领受您的威严。可我是无辜的，有何忧惧悔恨的呢！孔子说：“敬畏天命，敬畏德高位重的人，敬畏圣人说的话。”做到这些，即使鬼神也无法加害。假如事实真像众人说的那样，该当其罪，那么我李白将自剖洗，请君侯您任意处置。即使不是这样，也会跳山崖，或投身大海，辗转死于大沟深壑之中，岂能还这样明目张胆地为自己上书自陈没罪吗！相传晋时有人犯夜禁被捉到宫里，长官王安期问他为什么犯禁，他说因为在老师家学习，不知不觉夜深，所以犯禁。王听了说：“责罚像宁越那样勤学的人以树立自己的威望，是不合理的。”我私下以为，君侯您是通达透彻之人，断不会责罚我吧。

希望君侯您赐给我知遇之恩，高兴起来，把这恩继续下去，再行垂顾，高看一眼。李白必定精诚报效，以至感天动地，像聂政和荆轲那样忠义，不畏艰险。如果威严作怒，不准我追随您，定要把我赶走，那么，李白将长跪您的面前，向您拜谢，然后西入秦地，作我的诗文，永远离开君侯您，像黄鹤那样远走高飞。为什么王侯将相的门前，不可以申明济世报国的志向呢？

赏析：

用人和求职，是职场上的两大主题，一方面求贤若渴，另一方面又求职无门。历史上，英雄无用武之地的人太多了。冯唐易老，李广难封，说的就是被“耽误”了人才。

在封建王朝，对于文人来说，如果官府不给安排工作，就只有自己去自荐或熟人介绍到官府机构当幕僚，寻找一份向上升迁的台阶和机会。

经常能看到李白的诗，但是看到“李白的求职信”应该比较少。这篇书信，算是李白的自荐信，写给上安州裴长史。此文应当作于公元753年，其中心思想，在于通过申述自己博学多问，有四方之志，同时做人好：乐善好施，重情重义，富有才情种种品行。同时，向时为安州长史的裴宽辩解自己遭受诽谤谗言，蒙受不白之冤的情况，表明自己当年绝不会追随李林甫，陷害裴宽等人，是个忠厚之人；同时，也在文章中有意无意地透露了自己的能力，有才华能做事。

一代诗仙，一个恃才放旷的人，为了求一份工作，难免会有拍人马屁和投其所好的嫌疑。接着又写名流俊彦对自己作品的评价，借他人之口，道出自己文章的非同寻常。然后盛赞裴长史地位高贵，英俊潇洒，才华横溢；希望裴公提携自己。

李白徘徊于学道和从政之间，不放弃却不能成功，他的一切活动，都是为了达到这一目的，所以不惜向地方小官吏“剖心析肝”，陈述自己的志向和经历。因为害怕裴长史在“谤言忽生，众口攒毁”下，难免会“赫然作威，加以大怒”，因而这篇文章更写得情真语切，委婉动人。

此文虽有奉承讨好之嫌，但同样张扬了李白的个性，显露出一代诗仙的英风豪气，充分展示出其放荡不羁傲岸自负的个性特征。文章结尾几句写得不卑不亢，在接近成功时忍不住流露出率真狂妄的本色，估计这也正是他求仕幼稚的表现。所以宋人洪迈说：“大贤不遇，神龙困于蝼蚁，可胜叹哉!”

白居易（772—846），字乐天，晚年又号香山居士，河南新郑（今郑州新郑）人，唐代伟大的现实主义诗人，中国文学史上负有盛名且影响深远的诗人和文学家。有《白氏长庆集》传世，代表诗作有《长恨歌》、《卖炭翁》、《琵琶行》等。

与元微之书

四月十日夜，乐天白：微之微之！不见足下面已三年矣，不得足下书欲二年矣，人生几何，离阔如此？况以胶漆之心，置于胡越之身，进不得相合，退不能相忘，牵挛乖隔，各欲白首。微之微之，如何如何！天实为之，谓之奈何！

仆初到浔阳时，有熊孺登来，得足下前年病甚时一札，上报疾状，次叙病心，终论平生交分。且云：危惙之际，不暇及他，唯收数帙文

章，封题其上曰："他日送达白二十二郎，便请以代书。"悲哉！微之于我也，其若是乎！又睹所寄闻仆左降诗云："残灯无焰影幢幢，此夕闻君谪九江。垂死病中惊坐起，暗风吹雨入寒窗。"此句他人尚不可闻，况仆心哉！至今每吟，犹恻恻耳。

且置是事，略叙近怀。仆自到九江，已涉三载。形骸且健，方寸甚安。下至家人，幸皆无恙。长兄去夏自徐州至，又有诸院孤小弟妹六七人提挈同来。顷所牵念者，今悉置在目前，得同寒暖饥饱，此一泰也。江州风候稍凉，地少瘴疠。乃至蛇虺蚊蚋，虽有，甚稀。湓鱼颇肥，江酒极美。其余食物，多类北地。仆门内之口虽不少，司马之俸虽不多，量入俭用，亦可自给。身衣口食，且免求人，此二泰也。仆去年秋始游庐山，到东西二林间香炉峰下，见云水泉石，胜绝第一，爱不能舍。因置草堂，前有乔松十数株，修竹千余竿。青萝为墙援，白石为桥道，流水周于舍下，飞泉落于檐间，红榴白莲，罗生池砌。大抵若是，不能殚记。每一独往，动弥旬日。平生所好者，尽在其中。不唯忘归，可以终老。此三泰也。计足下久不得仆书，必加忧望，今故录三泰以先奉报，其余事况，条写如后云云。

微之微之！作此书夜，正在草堂中山窗下，信手把笔，随意乱书。封题之时，不觉欲曙。举头但见山僧一两人，或坐或睡。又闻山猿谷鸟，哀鸣啾啾。平生故人，去我万里，瞥然尘念，此际暂生。余习所牵，便成三韵云："忆昔封书与君夜，金銮殿后欲明天。今夜封书在何处？庐山庵里晓灯前。笼鸟槛猿俱未死，人间相见是何年！"微之微之！此夕我心，君知之乎？乐天顿首。

译文：

四月十日夜晚，乐天告白：微之啊微之！不见您的面已经三年了，没有收到您的信快要两年了，人生有多少时日，我和您竟这样长久离别？何况把胶和漆一样紧紧相连的两颗心，分放在南北相隔的两个人身上，彼此上前不能在一起。后退不能相忘，内心牵挂，身体分离，各自的头发都要白了。微之啊微之，怎么办啊怎么办！天意确实造成这种际遇，对此该怎么办呢！

我刚到浔阳时，熊孺登来访，收到您前年病重时的一封短信，信上首先说了您的病情，其次叙述您生病时的心情，最后谈到我们多年的交谊情分。信上还说：病危时，没有时间顾及其他事，只收集几包文章，封起来，在它上面题字："日后送交白二十二郎，就请用它代替我的信，悲伤啊，微之对待我，怎么如此（信任）啊！又看到寄来的听说我被贬官的诗写道："灯将燃尽啊，火焰将灭，人影摇摇晃晃，今晚听说您被贬谪到九江。将近死亡的我，在病中惊起而坐，夜风吹着雨进入寒窗。"这样的诗句别人尚且不忍听到，更何况我的心呢！到现在每吟诵起来，还悲伤不已啊。

暂且放下这事不谈，大致叙述一下近来的心境。我自从到了九江，已经过了三年。身体还算健康，心情很平静。下到家人，庆幸没有什么毛病。我大哥去年夏天从徐州来到这里，还有各房孤小的弟妹六七人互相扶助一同来了。不久前牵挂的家人，现在都出现在眼前了，能够同寒暖共饥饱，这是第一件安适的事。江州气候渐渐凉爽了，当地很少恶性传染病。至于毒蛇、蚊虫，虽然有但很少。浔江的鱼很鲜，江州的酒极美。其他的食物，大多类似北方。我家的人口虽然不少，司马的俸禄虽然不多，只要衡量收入，节俭用度，也可以自给自足。身上穿的，口里吃的，还不必求助于人，这是第二件安适的事。我去年秋天开始游庐山，到东林寺、西林寺之间的香炉峰下，看见飞云、流水、清泉、怪石，绝妙第一，喜爱得不忍离去。于是建造草堂一座，前有十几株高大的松树，一千多根修长的竹子。青色的藤萝点缀着篱笆墙，洁白的石块铺着桥面。流水环绕在茅舍之下，飞泉洒落在屋檐之间，红色的石榴，白色的莲花，分别生长在石阶下边的水池中。大致如此，不能详尽记述。每次我独自一人前去，常常住满十天。一生爱好的东西，全在这里。不仅忘记回家，简直可以在此度过一生。这是第三件安适的事。想到您很久没有得到我的信，一定更加盼望，现因此亲记下这三件安适的事先作呈报，其余的事，我一条一条地写在后面吧。

微之啊微之！写这封信的夜晚，我正在草堂中对着山的窗子下面，随手拿笔，随意乱写。写好信封的时候，不知不觉天快亮了。抬头只见一两个山寺的和尚。有的坐着，有的睡着。又听到山中的猿猴和山谷里的鸟，发出啾啾鸣叫。平生老友，离我万里，一时间世俗的思念之情，此时突然产生。作诗的习惯牵动着我，使我写成了三韵的六句诗："回忆从前给你写信的夜晚，是考中进士后的天亮前。今夜写信又在何处？在庐山草屋拂晓的灯前。笼中的鸟栏里的猿都未死，人世间你我相见是在哪一年！”微之啊微之！今夜我的心情您知道吗？乐天叩头。

赏析：

元微之，即元稹（779—831），微之是他的字，河南洛阳人，支持白居易倡导的“新乐府运动”，多有唱和。

千金易得，知己难寻，人的一生，如果有三五个可以讲掏心窝子的话的朋友，这一生便不会寂寞，有了苦恼，也有了可以倾诉的地方。朋友如镜子，可以照出自己的得失，也可以从中学习不少人生的经验和智慧。如果在价值观和趣味上有更多的交集，这样的朋友，是可以当一生的知己。白居易和元稹，便是这样的好友。

这封信写于元和十二年（817 年），白居易 47 岁。在经历了十八年的宦海风波之后，贬官南下，担任有职无权的司马，对于才华横溢的白居易是一次最沉重的打击。在经历了痛苦的思想斗争后，他内心蓄积着的愤慨和忧伤、思想上的矛盾和牢骚，除了付之于庐山山水，只能诉之于笔墨，因而满怀真情，写出了这封深挚动人的书信。

欧阳修（1007—1072），字永叔，号醉翁，晚年又号六一居士。庐陵人。北宋著名的文学家、史学家。二十三岁中进士，官至枢密副使、参知政事。死后谥“文忠”。他是北宋古文运动的领袖，散文精美，说理畅达，抒情委婉，是唐宋八大散文家之一，诗词也有一定成就。曾与宋祁合修《新唐书》，并独撰《新五代史》。有《欧阳文忠公集》。

与十二侄

自南方多事以来，日夕忧汝，得昨日递中书，知与新妇、诸孙等各安，官守无事，顿解远想。吾此哀苦如常。

欧阳氏自江南归朝，累世蒙朝廷官禄；吾今又被荣显，致汝等并列官裳，当思报效。偶此多事，如有差使，尽心向前，不得避事。至于临难死节，亦是汝荣事；但存心尽公，神明亦自祐汝。慎不可思避事也！

昨书中言欲买朱砂来，吾不阙此物。汝于官下宜守廉，何得买官下物？吾在官所，除饮食物外，不曾买一物。汝可安此为戒也！

已寒，好将息。不具。吾书送达通理十二郎。

译文：

自从南方动荡多事以来，我日夜为你担忧，昨天收到你的来信，得知你和新夫人以及各位孙子都平安，官府也无事，一颗悬着的心立即落了地。母亲的去世使我仍处在悲哀之中。

我们欧阳家族自从在江南成为宋朝的子民后，承蒙朝廷的恩典几代为官；我如今又担任重要官职，荣耀显达。到你们这一代也取得官职，应当想着报效朝廷。这次正巧遇上南方多事，上司如有差遣，你应该尽心竭力。挺身而出，不得逃避公事。至于遇到灾难，以死殉节，也是你的光荣；只要你诚心诚意尽公报国，神明也自然会保佑你。千万不要想逃避公事。

昨天寄来的信中提到，想给我买些朱砂，我不缺少这种东西。你在自己任职的范围内要廉洁，怎么可能买你管辖范围内出产的物品呢？我在任职的地方，除去吃喝用的物品外，其他一概不买。你应以此为戒啊！

天气已经寒冷，希望你们好好保重身体。不再多谈。我的信送交通理十二郎。

赏析：

欧阳修这封书信，是写给自己的十二侄欧阳通理的。欧阳通理为官他乡，他通过书信勉励侄子，危难时刻，要不避生死利害、精忠报国，居官要廉洁奉公、尽心尽力。古人的这种美德，至今仍应发扬光大。这封信，谈的是家事和国事，却入情入理。

司马光（1019—1086），字君实，号迂叟，陕州夏县今山西夏县涑水乡人，世称涑水先生，北宋政治家、文学家、史学家。主持编纂了中国历史上第一部编年体通史《资治通鉴》。

训俭示康

吾本寒家，世以清白相承。吾性不喜华靡，自为乳儿，长者加以金银华美之服，辄羞赧弃去之。二十忝科名，闻喜宴独不戴花。同年曰：“君赐不可违也。”乃簪一花。平生衣取蔽寒，食取充腹；亦不敢服垢弊以矫俗干名，但顺吾性而已。

众人皆以奢靡为荣，吾心独以俭素为美。人皆嗤吾固陋，吾不以为病。应之曰：孔子称“与其不逊也宁固”；又曰“以约失之者鲜矣”；又曰“士志于道，而耻恶衣恶食者，未足与议也。”古人以俭为美德，今人乃以俭相诟病。嘻，异哉！

近岁风俗尤为侈靡，走卒类士服，农夫蹑丝履。吾记天圣中，先公为群牧判官，客至未尝不置酒，或三行、五行，多不过七行。酒酤于市，果止于梨、栗、枣、柿之类；肴止于脯醢、菜羹，器用瓷漆。当时士大夫家皆然，人不相非也。会数而礼勤，物薄而情厚。近日士大夫家，酒非内法，果、肴非远方珍异，食非多品，器皿非满案，不敢会宾友，常量月营聚，然后敢发书。苟或不然，人争非之，以为鄙吝。故不随俗靡者盖鲜矣。嗟乎！风俗颓敝如是，居位者虽不能禁，忍助之乎！

又闻昔李文靖公为相，治居第于封丘门内，厅事前仅容旋马，或言其太隘。公笑曰："居第当传子孙，此为宰相厅事诚隘，为太祝奉礼厅事已宽矣。"参政鲁公为谏官，真宗遣使急召之，得于酒家，既入，问其所来，以实对。上曰："卿为清望官，奈何饮于酒肆？"对曰："臣家贫，客至无器皿、肴、果，故就酒家觞之。"上以无隐，益重之。张文节为相，自奉养如为河阳掌书记时，所亲或规之曰："公今受俸不少，而自奉若此。公虽自信清约，外人颇有公孙布被之讥。公宜少从众。"公叹曰："吾今日之俸，虽举家锦衣玉食，何患不能？顾人之常情，由俭入奢易，由奢入俭难。吾今日之俸岂能常有？身岂能常存？一旦异于今日，家人习奢已久，不能顿俭，必致失所。岂若吾居位、去位、身存、身亡，常如一日乎？"呜呼！大贤之深谋远虑，岂庸人所及哉！

御孙曰："俭，德之共也；侈，恶之大也。"共，同也；言有德者皆由俭来也。夫俭则寡欲：君子寡欲，则不役于物，可以直道而行；小人寡欲，则能谨身节用，远罪丰家。故曰："俭，德之共也。"侈则多欲：君子多欲则贪慕富贵，枉道速祸；小人多欲则多求妄用，败家丧身；是以居官必贿，居乡必盗。故曰："侈，恶之大也。"

昔正考父粥以口；孟僖子知其后必有达人。季文子相三君，妾不衣帛，马不食粟，君子以为忠。管仲镂簋朱、山藻，孔子鄙其小器。公叔文子享卫灵公，史知其及祸；及戌，果以富得罪出亡。何曾日食万钱，至孙以骄溢倾家。石崇以奢靡夸人，卒以此死东市。近世寇莱公豪侈冠一时，然以功业大，人莫之非，子孙习其家风，今多穷困。

其余以俭立名，以侈自败者多矣，不可遍数，聊举数人以训汝。汝非徒身当服行，当以训汝子孙，使知前辈之风俗云。

译文：

我本来出生在贫寒的家庭，一代一代都凭借清白的家风相继承。我生性不喜欢豪华奢侈，从做婴儿时起，长辈把饰有金银的华美的衣服加在我身上，我总是因害羞而脸红并扔掉它。二十岁那年忝列在进士的科名之中，参加闻喜宴时，只有我不戴花，同年说："花是君王赐戴的，不能违反不戴。"我才在帽檐上插上一枝花。我一向衣服只求抵御寒冷，食物只求饱肚子，也不敢故意穿肮脏破烂的衣服以表示与一般人不同，以此取得人们的赞扬。只是顺着我的本性行事罢了。许多人都把奢侈浪费看作光荣，我心里独自把节俭朴素看作美德。别人都讥笑我固执，不大方，我不把这作为缺陷，回答他们说："孔子说：'与其骄纵，毋宁固陋。'又说：'因为俭约而犯过失很少。'又说：'有志于探求真理但却以吃得不好，穿得不好，为羞耻的读书人，是不值得跟他谈论的。'古人把节俭作为美德，现在的人却因节俭而相讥议，认为是缺陷，嘻，真奇怪呀！"

近年风气尤其奢侈浪费，当差的大都穿士人的衣服，农夫穿丝织品做的鞋。我记得天圣年间我的父亲作群牧司判官时，客人来了未尝不摆设酒席，但有时斟酒三次，有时斟五次，最多不超过七次就不斟了。酒是向市上买的，水果限于梨、栗子、枣、柿子之类，下酒菜限于干肉、肉酱、菜汤，食具用瓷器和漆器。当时士大夫人家都这样，人家并不讥笑非议。那时聚会次数多而礼意殷勤，食物少而感情深厚。近来士大夫家庭，酒如果不是照宫内酿酒的方法酿造的，水果、下酒菜如果不是远方的珍贵奇异之品，食物如果不是很多品种，食具如果不是摆满桌子，就不敢约会招待客人朋友。为了约会招待往往先要用几个月的时间准备，然后才敢发请柬。如果有人不这样做，人们都争着非议他，认为他没有见过世面、舍不得花钱。因此不跟着习俗顺风倒的人，就少了。唉，风气败坏得像这样，即使是居高位有权势的人不能禁止，难道忍心助长这种恶劣风气吗？

又听说从前李文靖公做宰相时，在封丘门内修筑住宅，厅堂前面仅仅能够让一匹马转个身。有人说它太狭窄，李文靖公笑笑说："住宅是要传给子孙的，这里作为我当宰相的厅堂，确实是狭窄，但是将来用作当太祝、奉礼的我的子孙的厅堂却已经宽敞了。”参政鲁公当谏官时，真宗派人紧急召见他，后来在酒馆里找到他，鲁公入宫以后，真宗问他从哪里来，他如实地回答真宗。皇上说：“你担任的官职属于清望官，为什么在酒馆里喝酒？”他回答说：“小臣家里贫寒，客人来了没有食具、下酒菜、水果，所以就到酒馆请客人喝酒。”皇上因为鲁公不隐瞒实情，越发器重他。张文节当宰相时，自己生活享受如同以前当河阳节度判官时一样，亲近的人有的劝他说：“您现在领取的俸禄不少，可是自己生活享受却像这样节俭，您虽然自己知道自己确实是清廉节俭，但是外人对您很有讥评，说您如同公孙弘盖布被子那样矫情作伪，您应该稍稍随从众人的习惯做法才好。”张文节公叹息说：“我今天的俸禄这样多，即使全家穿绸缎的衣服，吃珍贵的饮食，还怕不能做到吗？但是人们的常情，由节俭进入奢侈是容易的，由奢侈进入节俭却困难了。我今天的高俸禄哪能长期享有呢？我自己的健康哪能长期保持呢？如果有一天我罢官或病死了，情况与现在不一样，家里的人习惯于奢侈生活已经很久，不能立刻节俭，那时候一定会因为挥霍净尽而弄到饥寒无依，哪里比得上我做大官或不做大官，活着或死亡，家中的生活标准都固定像同一天一样呢？”唉，大体有道德才能的人的深谋远虑，哪里是凡庸的人所能比得上的呢！

御孙说：“节俭是各种好品德的共有特点；奢侈是各种罪恶中的大罪。”“共”就是“同”，是说有好品德的人都是由节俭而来的。因为如果节俭就少贪欲。有地位的人如果少贪欲，就不为外物所役使，不受外物的牵制，可以走正直的道路。没有地位的人如果少贪欲，就能约束自己，节约用度，避免犯罪，丰裕家室。所以说：“节俭是各种好品德的共有特点。”如果奢侈就会多贪欲。有地位的人如果多贪欲，就会贪图富贵，不走正路，最后招致祸患；没有地位的人如果多贪欲，就会多方营求，随意浪费，最后败家丧身：因此，做官的如果奢侈，就必然贪赃受贿，在乡间当老百姓的，如果奢侈就必然盗窃他人财物。所以说：“奢侈是各种罪恶中的大罪。”

古时候正考父用稀粥维持生活，孟僖子因而推知他的后代必定有显达的人。季文子前后辅佐三位国君，他的小妾不穿丝绸，马不喂小米，有名望的人认为他忠于公室。管仲使用刻有花纹的食具、红色的帽带，住宅有上边刻着山岳的斗栱，上边画着水藻的梁上的短柱生活奢华，孔子看不起他，批评他见识不高。公叔文子在家里宴请卫灵公，史鳍知道他一定将要遭到灾祸，果然到了文子去世，文子的儿子公孙戌时，公孙戌就因为富裕招罪，出国逃亡。何曾一天吃喝要花一万个铜钱，到了孙子这一代就因为傲慢奢侈而家产荡尽。石崇以奢侈浪费来向人夸耀，终于因此而死在刑场上。近年寇莱公的豪华奢侈，在当代人中堪称第一，但是因为他的功业大，所以人们不批评他。可是他的子孙习染他的家风也豪华奢侈，现在多数穷困。其他因为节俭而立下好名声，因为奢侈而自招失败的事例还很多，不能统统列举。上面姑且举几个人用来教诲你。你不但本身应当履行节俭，还应当以节俭教诲你的子孙，使他们了解前辈的生活作风习俗。

赏析：

一个人对待物质生活的态度，直接关系到他事业的成功与失败。宋朝著名的政治家、史学家司马光以他深邃的政治眼光，敏感地洞察到了这个真理。司马光在《训俭示康》一文中，紧紧围绕着“成由俭，败由奢”这个古训，结合自己的生活经历和切身体验，旁征博引许多典型事例，对儿子进行了耐心细致、深入浅出的教诲。司马光认为俭朴是一种美德，并大力提倡，反对奢侈腐化，这种思想在当时封建官僚阶级造成的奢靡的流俗中，无疑是具有巨大进步意义的。在今天看来，司马光的见解和主张，也是很有现实的积极意义的。

苏轼（1037—1101），字子瞻，号东坡居士，眉州眉山人。宋嘉祐二年（1057年）进士。官至翰林学士、礼部尚书。他长期受贬谪，最远贬到琼州。苏轼在文学艺术上的贡献是多方面的，与父苏洵、弟苏辙，都以文学著称，世称“三苏”。他的词开豪放一派，格局博大，与辛弃疾齐名；散文笔力纵横，挥洒自如，成就很高，是唐宋八大散文家之一。他的书法、绘画也有较高的造诣。

与侄千之书

独立不惧者，惟司马君实与叔兄弟耳！万事委命，直道而行，纵以此窜逐，所获多矣。

因风寄书，此外勤学自爱。近年史学凋废，去岁作试官，问史传中事，无一二人说者，可读史书，为益不少也。

译文：

有独立见解，不畏惧权势，只有司马光和你叔叔我们兄弟俩。我们事事效命，正直行事，即使因此而被贬官放逐，也不后悔，我们从中学到了更多的东西。

寄上此信，希望你能勤学自爱。近来史学研究衰落，去年我做考官，向考生问起历史传记中的事情，详细知道的没有一两个人。你可以多读些史书，这样可以获益匪浅。

赏析.

这封信内容很简单，就是谈做官和读书。苏轼在给侄子的这封信中，以自己和司马光因不愿意趋利避害而做去违心的事、讲违心的话，教育侄子要坚守做人的信念，即使因此而遭受迫害也要敢于坚持，不要计较个人的利害得失。同时，他还勉励侄子要多读史书，从史书中汲取影响，指出：学习历史可以获益匪浅。

黄庭坚（1045—1105），字鲁直，号山谷，又号涪翁，北宋分宁人。他是北宋后期著名的文学家、书法家。他出身苏轼门下，而与苏轼齐名，并称“苏黄”。为江西诗派开创者，对后世有深远的影响。诗文集有《山谷精华录》、《山谷集》等。

答洪驹父书

驹父外甥教授：别来三岁，未尝不思念。闲居绝不与人事相接，故不能作书，虽晋城亦未曾作书也。专人来，得手书，审在官不废讲学，眠食安胜，诸稚子长茂，慰喜无量。

寄诗语意老重，数过读，不能去手，继以叹息，少加意读书，古人不难到也。诸文亦皆好，但少古人绳墨耳，可更熟读司马子长、韩退之文章。

凡作一文，皆须有宗有趣，始终关键，有开有阖；如四渎虽纳百川，或汇而为广泽，汪洋千里，要自发源注海耳。

老夫绍圣以前，不知作文章斧斤，取旧所作读之，皆可笑。绍圣以后，始知作文章，但以老病懒惰，不能下笔也。外甥勉之，为我雪耻。

《骂犬文》虽雄奇，然不作可也。东坡文章妙天下，其短处在好骂，慎勿袭其轨也。

甚恨不得相见，极论诗与文章之善病，临书不能万一，千古强学自爱，少饮酒为佳。

所寄《释权》一篇，词笔纵横，极见日新之效。更须治经，深其渊源，乃可到古人耳。《青琐祭文》，语意甚工，但用字时有未安处。自作语最难，老杜作诗，退之作文，无一字无来处。盖后人读书少，故谓韩、杜自作此语耳。古之能为文章者，真能陶冶万物，虽取古人之陈言入于翰墨，如灵丹一粒，点铁成金也。

文章最为儒者末事，然索学之，又不可不知其曲折，幸熟思之。至于推之使高，如泰山之崇崛，如垂天之云；作之使雄壮，如沧江八月之涛，海运吞舟之鱼。又不可守绳墨，令俭陋也。

译文：

驹文外甥教授：分别三年，一直思念着你。我在闲居中绝对谢绝人事，所以不能写信，即使进城了也没有写信。你派专人来，见到你的亲笔信，得知你居官仍在讲学，起居饮食安好，孩子们也身体健康，无限欣慰。

寄来的诗辞意老练稳重，读了几遍，不能释手，接着感叹，只要肯留意读书，古人的水平是可以达到的。几篇文章也写得好，只是缺少古人的法度而已，可以再熟读司马迁、韩愈的文章。

凡是写作一篇文章，都必须有主旨有意向，始终抓住关键，放得开收得回。好比四渎，虽然容纳百川，有的汇合成为广大的湖泽，汪洋千里，但总是要从发源地起流入大海。

我在绍圣以前，不知道写文章的方法技巧，把过去写的文章拿出来读，都觉得可笑。绍圣以后，才懂得如何写文章，但因年老生病懒惰，不能下笔再写。外甥要勉励自己，为我雪耻。

《骂犬文》虽然雄奇，但不该写苏东坡的文章妙绝天下，短处在于喜欢骂。你千万不要学他。

很遗憾，不能与你相见，充分地讨论诗和文章的利弊。信中所能涉及的不到万分之一，千万努力学习，好自为之，少饮酒为宜。

所寄《释权》一文，笔力纵横，极能显示出你进步的迅速。再须攻读经典，探究其渊源，就可赶上古人了。《青琐祭文》语意很精巧，但用字常有不贴切处。自己创作语言最难。杜甫写诗，韩愈作文，没有一字没有来历。大概由于后人读书少，所以认为韩杜自己创作了这些辞语罢了。古代能写文章的人，真能陶冶万物，即使把古人的陈旧言辞用于文章，像一粒灵丹，能点铁成金。

对于读书人而言，文章是最不重要的事情，但也应该学，也应该了解其中的奥秘，望深思熟虑，要使文章雄壮，如沧江八月之涛，海运吞舟之鱼，又不可固守法度，使之狭窄浅陋。

赏析：

《答洪驹父书》是黄庭坚给外甥洪刍的一封信。信中所谈较为集中地反映了黄庭坚诗文创作的主张。作者强调要多读书，批评驹父读书少，因而所写的诗未能达到古人的境界，所写的文章，用字常用有不妥帖处。杜甫写诗，韩愈作文，都引经据典，功力深厚，这和他们读书多有关系，所以，希望能向他们学习，只有多读书，才能使诗文“无一字无来处”和“点铁成金”。接着谈到了写文章的要诀，一篇文章，必须有主旨、有意趣。他还把学习古人的法度作为学诗的前提，要把创新和继承传统相结合，要在坚持传统的基础上，进行大胆创新。

朱熹（1130—1200），字元晦，祖籍南宋江南东路徽州府婺源县（今江西省婺源）。南宋著名的理学家、思想家、哲学家、教育家、诗人、闽学派的代表人物，世称朱子，是孔子、孟子、荀子以来最杰出的弘扬儒学的大师。

与长子受之

盖汝好学，在家足可读书作文，讲明义理，不待远离膝下，千里从师。汝既不能如此，即是自不好学，已无可望之理。然今遣汝者，恐你在家汩于俗务，不得专意。又父子之间，不欲昼夜督责。及无朋友闻见，故令汝一行。汝若到彼，能奋然勇为，力改故习，一味勤谨，则吾犹可望。不然，则徒劳费。只与在家一般，他日归来，又只是伎俩人物，不知汝将何面目，归见父母亲戚乡党故旧耶？念之！念之！“夙兴夜寐，无忝尔所生！”在此一行，千万努力。

译文：

如果你努力学习，在家里也可以读书写文章，弄明白言论或文章的内容和道理，用不着远离父母，千里迢迢地去跟从老师学习。你既然不能这样，就是自己不好学，也不能指望你懂得这个道理。但是现在让你出外从师的原因，是担心你在家里为俗务所缠身，不能专心读书学习。同时，父子之间，我也不希望日夜督促责备你。在家里也没有朋友和你一起探讨，增长见识，所以要让你出去走一走。你要到了那里，能奋发努力有所作为，用心改去以前的不好的习惯，一心勤奋谨慎，那么我对你还有希望。若不是这样，则是徒劳费力，和在家里没有两样，以后回来，又仅仅是以前那样的小人物，不知道你准备用什么样的面目来见你的父母亲戚同乡和老朋友呢？

记住！记住！“每天晚上睡觉前，想想自己今天做了什么有意义的事情，对得起自己的生命吗？”这一次行程，要千万努力呀！

赏析：

大儒朱熹教子珍惜学习机会，对儿子的良苦用心清楚可见；语重心长，发人深省。“夙兴夜寐，无忝尔所生！”最后这一句自问，更是深得儒家“吾日三省乎吾身”之道。

文天祥（1236～1283），初名云孙，字天祥，改字宋瑞，又字履善，号文山，吉安（今江西县名）人。宋理宗宝佑四年（1256）考取进士第一名。历任湖南提刑，知赣州。恭帝德佑元年（1275）元兵渡江，文天祥起兵勤王。临安危急，奉命至元营议和，因坚决抗争被扣留，后冒险脱逃，拥立益王赵昰，至福建募集将士，进兵江西，恢复州县多处。后兵败被俘至元大都，终以不屈被害。封信国公。作品有《文山先生全集》。

狱中家书

父少保、枢密使、都督、信国公批付男陞子：汝祖革斋先生以诗礼起门户，吾与汝生父及汝叔同产三人。前辈云：兄弟其初，一人之身也。吾与汝生父俱以科第通显，汝叔亦致簪缨，使家门无虞，骨肉相保，皆奉先人遗体，以终于牖下，人生之常也。不幸宋遭阳九，庙社沦亡。吾以备位将相，义不得不殉国；汝生父与汝叔姑全身以全宗祀。惟忠惟孝，各行其志矣。

吾二子，长道生，次佛生。佛生失之于乱离，寻闻已矣；道生，汝兄也，以病没于惠之郡治，汝所见也。呜呼，痛哉！吾在潮阳，闻道生之祸，哭于庭，复哭于庙，即作家书报汝生父，以汝为吾嗣。兄弟之子曰犹子，吾子必汝，义之所出，心之所安，祖宗之所享，鬼神之所依也。及吾陷败，居北营中，汝生父书自惠阳来曰：“陞子宜为嗣，谨奉潮阳之命。”及来广州为死别，复申斯言。传云：“不孝，无后为大。”

吾虽孤孑于世，然吾革斋之子，汝革斋之孙，吾得汝为嗣，不为无后矣。吾委身社稷，而复逭不孝之责，赖有此耳。

汝性质闿爽，志气不暴，必能以学问世吾家。吾为汝父，不得面日训汝诲汝，汝于“六经”，其专治《春秋》，观圣人笔削褒贬、轻重内外，而得其说，以为立身行己之本。识圣人之志，则能继吾志矣。吾网中之人，引决无路，今不知死何日耳。《礼》：“狐死正邱首。”吾虽死万里之外，岂顷刻而忘南向哉！吾一念已注于汝，死有神明，厥惟汝歆。仁人之事亲也，事死如事生，事亡如事存，汝念之哉！岁辛巳元日书于燕狱中。

译文：

父少保、枢密使、都督、信国公书付嗣子儿：你祖父革斋先生以读书起家，我和你的生父及你叔父三人都是他所生。前辈们说：兄弟当初是一个的身子。我和你生父都是他所生。我和你的生父都是由科举考试而官显贵的，你叔父也做了官。如果家中不出意外之事，兄弟之间会互相保护，都爱惜好先人留给我们的身体终老于家中，这是人之常情。不幸的是宋王朝遭受灾祸，宗庙社稷沦丧灭亡了。我因为位居宋朝将相的显位，道义上不能不为国献身；你的生父和叔父姑且保住身体以保全宗族的延续。是忠是孝，各行其志吧。

我的两个儿子，大的叫道生，小的叫佛生。佛生在战乱中走失，不久听说已死了。道生是你的哥哥，因病死于惠州州府，你是亲眼见到的。唉！多么令人悲痛啊！我在潮阳听到道生的噩耗，在庭院中哭，在家庙里又哭，马上给你的生父写信告诉他，把你作为我的嗣子。兄弟的儿子叫做犹子。我的嗣子一定是你，道义因此而出，我心因此而安，祖宗因此得以祭祀，鬼神因此才有凭依。当我兵败被俘，拘留北兵营中，你生父从惠阳来信说，就按我在潮阳时说的意思办，让你做我的嗣子。“后来他来广州和我作死别，又重申这话。经典上说：不孝的最大罪责就是无后嗣。我虽然在世上孤单，无依无靠，但我是革斋先生的儿子，你是革斋先生的孙子，我有你作嗣子，就不算无后嗣了。我献身于国家，又可逃避不孝的罪名，全靠这件事了。

你本性乐观直爽，意志心气都平和，将来一定能够凭你的知识才能继承我家的家业。我身为你父，不能每天亲自训导、教诲你。你在学习“六经”的时候，要特别专心研究《春秋》。考究其中所记载和所删除的内容，所褒扬和贬损的人事，所轻视或重视的东西以及内外的分置，求得其中的学说，把它作为立身处世的根本。认识到圣人的志向，就能够继承我的意志了。我是被囚之人，想自杀都办不到，现在还不知道死在哪天呢？《礼记》说：“狐狸死的时候一定要把头向巢穴所在的山丘。”我即使死在距离家乡万里之外，怎会有片刻时光忘记向着南方呢？我的一切意念都已倾注在你身上，如果死后有神明存在，一定只享受你的祭品。仁德之人侍奉父母，对待死者就像对待生者，对待亡者就像对待生者，你要记住啊。

辛巳岁正月初一日书于燕山狱中。

赏析：

本篇是作者在狱中写给继子文陞的家书。在这封家书中，作者向文陞简要介绍了家世概况以及文陞过继为己子的经过。并告诫文陞要好好继承自己的遗志。信的最后，文天祥还谈到，“我即使死在距离家乡万里之外，哪有一时一刻忘记向着南方呢！”表达了作者忠贞不二的志节。据史书记载，文天祥临刑前，问围观的百姓，孰为南北，然后面南再拜而从容就义。读其文，观其行，其忠其节约略可知矣！

毛先舒（1620—1688），原名骙，字驰黄，后改名先舒，字稚黄，仁和（今浙江杭州）人，明末诸生。明末清初文学家，西泠十子之一。入清，不求仕进，从事音韵学研究，也能诗文，其诗音节浏亮，有七子余风。毛先舒与毛奇龄、毛际可齐名，时称“浙中三毛，文中三豪”。

与子侄书

年富力强，却涣散精神，肆应于外。多事无益妨有益，将岁月虚过，才情浪掷。及至晓得收拾精神，近里着己时，而年力向衰，途长日暮，已不堪发愤有为矣。回而思之，真可痛哭！汝等虽在少年，日月易逝，斯言常当猛省。

译文：

（我）年富力强的时候，却精神涣散，随意在外应酬。做了很多没有意义的事情，将年华虚度，才情浪费。等到知道了要集中精神，将分散的精力收聚回来时，却又年纪和精力不济，就像路途长远而太阳西下，已经不能发奋有为了。回想一下，真应该痛哭一场！你们虽然还是少年，知道岁月易逝，我这些话应该经常反省。

赏析：

这是一篇劝学家书，劝告子侄们不要虚度年华，趁年轻求学好问。类似劝诫书，在泱泱中国古代典籍里，比比皆是。作为长辈的人，总希望自己的下一代子孙更优秀，惜时勤俭，有理想有追求，努力拼搏，不要等到白发苍苍时，才开始后悔，奋起直追，然而，到白发时方知黑发时光阴的金贵，后悔晚矣。但是，忠言逆耳，少年人一般总将老人们的劝告当年耳旁风，觉得厌烦。事实上，哪有做长辈的不为自己儿孙费尽了心血的呢？总是希望通过喋喋不休的劝说，让儿孙少走人生的弯路，多多吸取前人的教训。可怜天下父母心。

郑板桥（1693—1765），清代书画家、文学家。名燮，字克柔，汉族，江苏兴化人。康熙秀才、雍正举人、乾隆元年进士。“扬州八怪”之一。历官河南范县、山东潍县知县，有惠政。以请臻饥民忤大吏，乞疾归。诗书画均旷世独立，人称三绝。有《板桥全集》。

淮安舟中寄舍弟墨

以人为可爱，而我亦可爱矣；以人为可恶，而我亦可恶矣。东坡一觉得世上没有不好的人，最是他好处。愚兄平生漫骂无礼，然人有一才一技之长，一行一言之美，未尝不啧啧称道。囊中数千金，随手散尽，爱人故也。至于缺厄欹危之处，亦往往得人之力。好骂人，尤好骂秀才。细细想来，秀才受病，只是推廓不开，他若推廓得开，又不是秀才了。且专骂秀才，亦是冤屈，而今世上那个是推廓得开的？年老身孤，当慎口过。爱人是好处，骂人是不好处。东坡以此受病，况板桥乎！老弟当时时劝我。

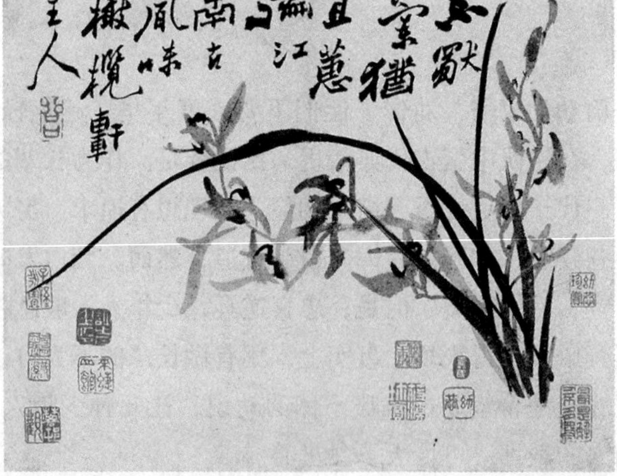

译文：

认为别人可爱，那么我自己也会变得可爱，认为别人可恶，那么我自己也会变得可恶。东坡一生中觉得这世上没有不好的人，这是他最大的优点。我平生虽然傲慢无礼，然而只要别人有一才一技之长，有一言一行之美，我都会啧啧称道。即使口袋中有数千金，我也会随手散去，这是因为我爱人的缘故。而每当我遇到困苦危难，也往往能够得到别人的帮助。我爱骂人，尤其是爱骂秀才。细细想来，秀才遭受指责，只是推脱不掉功名利禄和世俗礼法的束缚罢了，他若能推脱得开，反而就不是秀才了。而且专骂秀才，亦是冤屈了他们。世上又有谁能推脱得掉功名利禄和世俗礼法的束缚呢？我年纪大了，又孤单，无依无靠，应当更加小心口中失言。爱人是优点，骂人是缺点。东坡因为爱骂人而受到批评，更何况我呢？老弟应当时时劝诫我。

赏析：

这是一篇比较可爱的家书，一个爱发脾气的老头，知道自己爱骂人，知道自己的缺点，但是，还觉得自己骂得有道理。文中最后一句最为可爱，就是让自己的弟弟，要经常提醒自己不要骂人。

郑板桥手书的“难得糊涂”，被很多人挂在书房里。多半是提醒自己凡事不要较真，能糊弄就糊弄过去的意思。事实上，很多人是不糊涂想装糊涂，而一些人自己本来就够糊涂的了，反而也还挂这个字。那就是真糊涂了。事实上，我觉得郑板桥的意思是，你凡事退一步，糊涂一下，就海阔天空了。

这封家书写于乾隆六年（1741 年），是郑板桥入都，坐船经过淮安时所作。在这封信中，他强调看人要多看别人的长处，看自己要多看短处，也就是要严于律己，宽以待人。同时反思自己爱骂人的缺点，认为做人应该与人为善，以德服人，以德待人。在人与人相处中，不应该锋芒毕露。希望堂弟提醒自己不要随便骂人，小心失言。信中，既有对自己的提醒，也有对堂弟的劝告，朴实无华，以情动人。

潍县署中寄舍弟墨第一书

读书以过目成诵为能，最是不济事。眼中了了，心下匆匆，方寸无多，往来应接不暇，如看场中美色，一眼即过，与我何与也。千古过目成诵，孰有如孔子者乎？读《易》至韦编三绝，不知翻阅过几千百遍来，微言精义，愈探愈出，愈研愈入，愈往而不知其所穷。虽生知安行之圣，不废困勉下学之功也。东坡读书不用两遍，然其在翰林院读《阿房宫赋》至四鼓，老吏苦之，坡洒然不倦。岂以一过即记，遂了其事乎！惟虞世南、张睢阳、张方平，平生书不再读，迄无佳文。且过辄成诵，又有无所不诵之陋。即如《史记》百三十篇中，以《项羽本纪》为最，而《项羽本纪》中，又以钜鹿之战、鸿门之宴、垓下之会为最。反覆诵观，可欣可泣，在此数段耳。若一部《史记》，篇篇都读，字字都记，岂非没分晓的钝汉！更有小说家言、各种传奇恶曲，及打油诗词，亦复寓目不忘，如破烂厨柜，臭油坏酱悉贮其中，其齷齪亦耐不得。

译文：

读书把看一遍便能背诵作为值得肯定的能力，其实是最不中用的。

眼里看得清楚，心里匆匆而过，其实留在心中的并不多，这样看来看去眼睛根本应付不过来，好像看着歌舞场里的美女，看上一眼就过去了，和我又有什么关系呢？自古以来过目成诵的人，有谁比得上孔子呢？孔子研读《周易》到串连《周易》竹简的皮条都断了好几次，不知他翻阅过几千几百遍了，从而对《周易》精微的语言，深刻的道理，越探究越明白，越钻研越深入，越是前行就越不知它的尽头。即使是生而知之，安而行之的圣人，也不会停止刻苦勤奋的学习人情事理的基本常识。苏东坡读书不需要读第两遍，但是他在翰林院读《阿房宫赋》时直到四更，掌管翰林院的老吏觉得他读得辛苦，可苏东坡却十分畅快，毫无倦意。怎能因为看一遍就能记诵，便丢下书本，草草结束这件事呢！只有虞世南、张睢阳、张方平等人，一生读书从不读第二遍，因此始终也没有写出好文章。

况且过目就能成诵，还会产生什么都记诵的坏处，就像《史记》130 篇中，数《项羽本纪》写得最好，而《项羽本纪》中，又以钜鹿之战、鸿门之宴和垓下之会几个片段写得最好。反复诵读观赏，值得欣喜、值得悲泣的，只在这几个片段罢了。如果一篇《史记》，篇篇都读，字字都记，岂不是不懂道理的愚钝之人！还有小说、各种戏曲及打油诗。也都过目不忘的话，那就像破烂的厨房柜子，发臭的油、腐坏的酱全都贮藏其中，这品味的低俗实在是令人不能忍受。

赏析：

如果文如其人的话，郑板桥一定是个富有娱乐精神的人，可能还是个讲段子的高手，他的文章风格，生动不拘泥，有时还有深深的挖苦之意。本篇文章，谈的是读书读多还是读精的问题。是过目不忘，还是熟读千篇。

郑板桥五十四岁时由范县调任潍（音维）县（位于山东中部偏东）知县。他一生治学勤奋，这是一封他劝导其堂弟郑墨怎样读书的家信。以孔子、苏轼等著名学者为例，说明对经典作品有反复读、深入读的必要。作者认为，博览群书，“过目成诵”，如毫无选择地“篇篇都读，字字都记”，也存在很大弊病，是不可取的读书方法。

曾国藩（1811—1872），初名子城，字伯涵，号涤生，谥文正，汉族，出生于湖南长沙府湘乡。清朝军事家、理学家、政治家、书法家，文学家，晚清散文“湘乡派”创立人。晚清“中兴四大名臣”之一，官至两江总督、直隶总督、武英殿大学士，封一等毅勇侯，谥曰文正。

致诸弟——讲读经史方法

诸位老弟足下：正月十五日接到四弟、六弟、九弟十二月初五日所发家信，四弟之信三页，语语平实，责我待人不恕，甚为切当。谓“月月书信，徒以空言责弟辈，却又不能实有好消息，令堂上阅兄之书，疑弟辈粗俗庸碌，使弟辈无地可容”云云，此数语，兄读之不觉汗下。我去年曾与九弟闲谈云：“为人子者，若使父母见得我好些，谓诸兄弟俱不及我，这便是不孝；若使族党称道我好些，谓诸兄弟俱不如我，这便是不悌。何也？盖使父母心中有贤愚之分，使族党口中有贤愚之分，则必其平日有讨好意思，暗用机计，使其自己得好名声，而使其兄弟得坏名声，必其后日之嫌隙由此而生也。刘大爷、刘三爷兄弟皆想做好人，卒至视如仇雠，因刘三爷得好名声于父母族党之间，而刘大爷得坏名声故也。”今四弟之所责我者，正是此道理。我所以读之汗下。但愿兄弟五人，各个明白这道理，彼此互相原谅，兄以弟得坏名为忧，弟以兄得好名为快。兄不能使弟尽道得令名，是兄之罪；弟不能使兄尽道得令名，是弟之罪。若各个如此存心，则亿万年无纤芥之嫌矣。

至于家塾读书之说，我亦知其甚难，曾与九弟面谈及数十次矣。但四弟前次来书，言欲找馆出外教书，兄意教馆之荒功误事，较之家塾为尤甚，与其出而教馆，不如静坐家塾。若云一出家塾便有明师益友，则我境之所谓明师益友者，我皆知之，且已宿夜熟筹之矣，惟汪觉庵师及阳沧溟先生，是兄意中所信为可师者。然衡阳风俗，只有冬学要紧，自五月以后，师弟皆奉行故事而已。同学之人，类皆庸鄙无志者，又最好讪笑人。其笑法不一，总之不离乎轻薄而已。四弟若到衡阳去，必以翰林之弟相笑，薄俗可恶。乡间无朋友，实是第一恨事，不惟无益，且大有损，习俗染人，所谓与鲍鱼处亦与之俱化也。兄尝与九弟道及，谓衡阳不可以读书，涟滨不可以读书，为损友太多故也。

今四弟意必从觉庵师游，则千万听兄嘱咐，但取明师之益，无受损友之损也。接到此信，立即率厚二到觉庵师处受业。其束脩，今年谨具钱十挂，兄于八月准付回，不至累及家中，非不欲人丰，实不能耳。兄所最虑者，同学之人无志嬉游，端节以后放散不事事，恐弟与厚二效尤耳，切戒切戒。凡从师必久而后可以获益。四弟与季弟今年从觉庵师，若地方相安，则明年仍可以游；若一年换一处，是即无恒者见异思迁也，欲求长进难矣。

六弟之信，乃一篇绝妙古文，排百似昌黎，拗很似半山。予论古文，总须有倔强不驯之气，愈拗愈深之意，故于太史公外，独取昌黎、半山两家。论诗亦取傲兀不群者，论字亦然。每蓄此意而不轻谈，近得何子贞意见极相合，偶谈一二句，两人相视而笑。不知六弟乃生成有此一支妙笔！往时见弟文，亦无大奇特者；今观此信，然后知吾弟真不羁才也。欢喜无极，欢喜无极！凡兄所有志而力不能为者，吾弟皆为之矣。

信中言兄与诸君子讲学，恐其渐成朋党，所见甚是。然弟尽可放心，兄最怕标榜，常存暗然尚沿之意，断不至有所谓门户自表者也。信中言四弟浮躁不虚心，亦切中四弟之病，四弟当视为良友药石之言。

信中又言弟之牢骚，非小人之热中，乃志士之惜阴。读至此，不胜惘然，恨不得生两翅忽飞到家，将老弟劝慰一番，纵谈数日乃快。然向使诸弟已入学，则谣言必谓学院做情，众口铄金，何从辩起？所谓“塞翁失马安知非福”，科名迟早实有前定，虽惜阴念切，正不必以虚名萦怀耳。

来信言《〈礼记〉疏》一本半，浩浩茫茫，苦无所得，今已尽弃，不敢复阅，现读《朱子纲目》，日十余页云云；说到此处，不胜悔恨！恨早岁不曾用功，如今虽欲教弟，譬盲者而欲导人之迷途也，求其不误难矣，然兄最好苦思，又得诸益友相质证，于读书之道，有必不可易者数端：穷经必专一经，不可泛骛。读经以研寻义理为本，考据名物为末，读经有一耐字诀：一句不通，不看下句；今日不通，明日再读；今年不通，明年再读；此所谓耐也。读史之法，莫妙于设身处地，每看一处，如我便与当时之人酬酢笑语于其间。不必人人皆能记也，但记一人，则恍如接其人；不必事事皆能记也，但记一事，则恍如亲其事。经以穷理，史以考事，舍此二者，更别无学矣。

盖自西汉以至于今，识字之儒，约有三途：曰义理之学，曰考据之学，曰词章之学，各执一途，互相诋毁。兄之私意，以为义理之学最大，义理明则躬行有要而经济有本。词章之学，亦所以发挥义理者也。考据之学，吾无取焉矣。此三途者，皆从事经史，各有门径。吾以为欲读经史，但当研究义理，则心一而不纷。是故经则专守一经，史则专熟一代，读经史则专主义理。此皆守约之道，确乎不可易者也。

若夫经史而外，诸子百家，汗牛充栋，或欲阅之，但当读一人之专集，不当东翻西阅，如读《昌黎集》，则目之所见，耳之所闻，无非昌黎，以为天地间除《昌黎集》而外，更无别书也。此一集未读完，断断不换他集，亦专字诀也。六弟谨记之。

读经、读史、读专集，讲义理之学，此有志者万不可易者也，圣人复起，必从吾言矣。然此亦仅为有大志者言之，若夫为科名之学，则要读四书文，读试帖律赋，头绪甚多。四弟、九弟、厚二弟天资较低，必须为科名之学。六弟既有大志，虽不科名可也。但当守一耐字诀耳。观来信，言读《〈礼记〉疏》似不能耐者，勉之勉之！

兄少时天分不甚低，厥后日与庸鄙者处，全无所闻，窍被茅塞久矣。及乙未到京后，始有志学诗古文并作字之法，亦泊无良友。近年得一二良友，知有所谓经学者、经济者，有所谓躬行实践者，始知范韩可学而至也，司马迁韩愈亦可学而至也，程朱亦可学而至也。慨然思尽涤前日之污，以为更生之人，以为父母之肖子，以为诸弟之先导。无如体气本弱，耳鸣不止，稍稍用心，便觉劳顿。每日思念，天既限我以不能苦思，是天不欲成我之学问也，故近日以来，意颇疏散。

计今年若可得一差，能还一切旧债，则将归田养亲，不复恋恋于利禄矣。粗识几字，不敢为非以蹈大戾已耳，不复有志于先哲矣。吾人第一以保身为要，我所以无大志愿者，恐用心太过，足以疲神也。弟亦时时以保身为念，无忽无忽！

来信又驳我前书，谓必须博雅有才，而后可明理有用，所见极是。兄前书之意，盖以躬行为重，即子夏“贤贤易色”章之意，以为博雅者不足贵，惟明理者乃有用，特其立论过激耳。六弟信中之意，以为不博雅多闻，安能明理有用？立论极精。但弟须力行之，不可徒与兄辩驳见长耳。

来信又言四弟与季弟从游觉庵师，六弟九弟仍来京中，或肄业城南云云。兄之欲得老弟共住京中也，其情如孤雁之求曹也。自九弟辛丑秋思归，兄百计挽留，九弟当言之。

及至去秋决计南归，兄实无可奈何，只得听其自便。若九弟今年复来，则一岁之内忽去忽来，不特堂上诸大人不肯，即旁观亦且笑我兄弟轻举妄动。且两弟同来，途费须得八十金，此时实难措办。弟云言能自为计，则兄窃不信。曹西垣去冬已到京，郭筠仙明年起始程，目下亦无好伴。惟城南肄业之说，则甚为得计。兄于二月间准付银二十两至金竺虔家。以为六弟九弟省城读书之用，竺虔于二月起身南旋，其银四月初可到。弟接此信，立即下省肄业。

省城中兄弟相好的如郭筠仙、凌笛舟、孙芝房，皆在别处坐书院。贺蔗农、俞岱青、陈尧农、陈庆覃诸先生皆官声中人，不能伏案用功矣。惟闻有丁君者（名叙忠，号秩臣，长沙廪生），学问切实，践履笃诚。兄虽未曾见面，而稔知其可师。凡与我相好者，皆极力称道丁君。两弟到省，到城南住斋，立即去拜丁君为师。此外择友，则慎之又慎。昌黎曰：“善不吾与，吾强与之附；不善不吾恶，吾强与之拒。”一生之成败，皆关乎朋友之贤否，不可不慎也。

来信以进京为上策，以肄业城南为次策。兄非不欲从上策，因九弟来去太速，不好写信禀堂上，不特九弟形迹矛盾，即我禀堂上亦自相矛盾也。又目下实难办途费，六弟言能自为计，亦未历甘苦之言耳。若我今年能得一差，则两弟今冬与朱啸山同来甚好，目前且从次策。如六弟不以为然，则再写信来商议可也。

此答六弟之大略也。

九弟之信，写家事详细，惜话说太短，兄则每每太长，以后截长补短为妙。尧阶若有大事，诸弟随去，一人帮他几天。牧云接我长信，何以全无回信？毋乃嫌我话太直乎？

扶乩之事，全不足信。九弟总须立志读书，不必想及此等事。季弟一切皆须听诸兄话。此次折弁走甚急，不暇抄日记本，余容后告。（道光二十三年正月十六日）

译文：

诸位老弟足下：正月十五日接到四弟，六弟、九弟十二月初五日所发的家信，四弟的信三页，句句话平实，责备我对人不讲宽恕。非常对。说每月写信，徒然用空洞的言语责备弟弟，却又不能有实在的好消息，叫堂上大人听到兄长的话，怀疑弟弟们的粗俗庸碌，使弟弟们无地自容。这几句话；为兄的看了不觉出汗。我去年曾经和九弟闲谈，说过："为人子的，如果使父母看见我好些，其他兄弟都不及我，这便是不孝，如果使族党称赞我好，其他兄弟都不如我，这便不悌？为什么？因使父母便有讨好的念头，在暗中用计策，使自己得到好名声，而使其他兄弟得坏名声，那以后的嫌隙，便由这里严生。刘大爷、刘三爷，兄弟都想做好人，最后变为仇敌，因刘三爷得好名声于父母族党之中，而刘大爷得坏名声的缘故。"今天四弟所以责备我的，正是这个道理，我所以读了以后汗颜。但愿我们兄弟五个，都明白这个道理，彼此互相原谅。兄长以弟弟得坏名声为忧，弟弟以兄长得吁名声为乐。兄长不能尽道义上的责任，使弟弟得好名声、是兄长的罪过，弟弟不能尽道义上的责任，使兄长得好名声，是弟弟的罪过，如果都这么想，那么一万年也不会有一丝一毫的嫌隙了。

衡阳的风俗，只有冬学要紧。自五月以后，老师、弟子都是奉行故事回去罢了。同学的人，都是庸碌鄙俗没有志向的人，又最喜欢讥风人，他们取笑的方法不一样，总之离不开轻松薄二字。四弟如果到衡阳去，他们必定会笑你是翰林的弟弟，真薄俗可恶。乡问没有朋友，实在是第一恨事，不仅没有益处，并且大有害处。习俗传染人，就是说入鲍鱼之室，久而不闻其臭，慢慢同化了。兄氏常和九弟提到，谈衡阳不可以读书，涟滨不可以读书，因为无益有损的朋友大多了的缘故。

现在四弟的意思一定要跟觉庵老师学，那千万要听兄长的嘱咐，但学明师的好处增益自己，不要受那些无益有害的朋友的损坏。接到这封信，立即带厚二到觉庵老师处受业。学费今年谨呈钱十挂。兄长在八月准定付回，不至于连累到家里。不是不想还送得丰厚一点，实在是做不到。兄长最感忧虑的是。同学的人，没有志气而一味嬉游。端午节以后，放散不干事，怕弟弟和厚二也跟着学坏样子，切实吝戒啊！凡属从老师受业，一定要经历许久然后可以获益，四弟与季弟，今年从觉庵老师，如果地方相安，明年还继续。如果一年换一个地方，那便是没有恒心，见异思迁，想求得进步难上难。

六弟的信，是一篇绝妙的古文，刚健像昌黎，深拗像半山。我论述古文，总要有倔强不驯的气质，越拗越深的意思，所以在太史公以外，独取昌黎、半山两家。论诗也赞成傲兀不群的，论书法也一样。每每这么认为，却不轻易谈论。近来得了何子贞这位朋友，两人意见非常相合，偶尔谈一两句，两个便相对而笑。不知六弟生成有这一枝妙笔，过去时常看见你的文章也没有什么出奇的地方，今天看了这封信，才知道弟弟是一个不羁的人才，欢喜得很！凡属兄长有志向而力不从心的，弟弟你都可以做到。

信中说兄长与诸位君子讲学，恐怕日久渐渐成了朋党，所见很是，但是弟弟尽可放心，兄长最怕标榜，常常悄然自谦不表露，决不至于有所谓门户的嫌疑。信中说四弟浮躁不虚心，也切中了四弟的毛病，四弟应当看做良药对待。信中又说弟弟的牢骚，不是小人的热衷于此。是志士仁人的爱惜光阴。读到这里，不禁惘然有所失！恨不得生两个

翅膀飞到家里，将老弟劝慰一番，纵谈几天才快活。然而即使弟弟都入了学，那些谣言又会说学院里徇了情，众口铄金，从何去辩解？所谓塞翁失马，安知非福？科名迟早，实在是前生注定。虽说是爱惜光阴的念头很迫切，而不必为了那个虚名而耿耿于怀。

来信说看了《礼记疏》一本半，浩浩荡荡，苦无所得，今已废弃，不敢再读，现读《朱子纲目》，每天十多页。说以这里，兄长不胜悔

恨，恨早年不曾用功，如今虽想教弟弟，好比瞎子相引路，只能指引大路，要求一点不错，太难了：但兄长最喜欢苦思，又得几位益友相互质问证实，对于读书的道理，一定有共同不易的几个方面。穷经必专心一经，不可广泛骛多。读经以研究寻找义理为本，考据各物为末。读经有一个耐字诀窍，一句不通，不看下句，今天不通，明天再读，今年不通，明年再读，这就叫耐心。

读史的方法，最妙的办法是设身处地。每看一处，好比我就是当时的人，应酬宴请在其中。不必要人人都能记得，只记一人，好像在接近这个人一样；不必要事事能记得，只记一事，好像亲临其事。经，主要是究追其理；史，主要是考实其事。离开这两方面，别无可学。因为从西汉以至于今，识字的读书人，大约有三种途径：一是义理之学；一是考据之学；一是词章之学。往往各执一门学问，而去攻击其他两门学问。兄长的私人意见；以为义理之学最大。义理明白了，那实行起来更可抓主要害，经济臣有了根本，词章之学，也是发挥义理的。考据之学，我觉得没有可取。这三种途径，都从事经史，各有各的门径。我觉得想读经史，便应研究义理，那样更专一而不分散。所以经要专守一经，史要专熟一史，读经史专主义理，这都是守约的道理，的确不可改的。

假如说到经史以外，诸子百家，汗牛充栋。或者想读它，但应当读一人的专集，不应当东翻西翻。如读《昌黎集》，那眼睛看的，耳朵听的，无非昌黎而已，以为天地间除《昌黎集》外，再没有其他书了。这一集没有读完，决不换他集，也是专字诀窍。六弟谨记住，读经读史读专业，讲义理之学，这是有志的人万不可改易的。圣人复起，也一定听从我的话。然而，也仅仅为有大志的人而言。假若说到科名之学，则要读四书文，读试律赋，头绪很多。四弟九弟厚二弟天资较低，必须做科名的学问。六弟既然有大志，不图科名可以，但要守一耐字诀。看来信说读《礼记疏》，似乎不能耐，勉之勉之！

兄长少时天分不低，以后天天与庸碌鄙俗的人相处，完全没有见闻，窍要的地方被闭塞很久。以乙未年到京城后，开始有志学诗、古文和书法，只惜没有良友。近年寻一两个良友，才知道有所谓经学、经济者，有所谓躬行实践者，才知道范、韩可以学到手，司马迁、韩愈也可以学到手，程、朱也可以学到手。感慨之余，便想尽洗过去的污秽，以为新人，以为父母的孝子，以为弟弟们的先导。无如体气太弱，耳鸣不止，稍稍用心，便感劳累。每天思念，天老爷既限制我不能苦思，那是天不要我成就我的学问。所以近日以来意志很疏懒松散。来信又说四弟与季弟地从觉庵老师受业，六弟九弟仍然来京，或肄业城南，等等，兄长想得弟弟们共住京城，这种感情好比孤雁的求群。自从九弟辛丑秋想回家，兄长百计挽留，九弟可以证明这一点。及到去年秋决计南方兄长实在没有办法，只得听他自便。如果九弟今年再来，则一年之内，忽去忽来，不仅堂上大人不肯，就是旁观者也会笑我兄弟轻举妄动。并且两弟同来，路费要花八十金，现在实在难以措办，六弟说能够自己解决，也是没有经历过甘苦的话。如果我今年能得到一个差事，两弟今年冬天与朱啸山同来好了，如六弟不以为然，那再写信来商量。九弟的信，写家事详细，可惜话说得太短。兄长写信常常太长，以后截长补短为好。尧阶如果有大事，弟弟中随去一人，帮他几天，牧云接我长信，为何没有回信？是不是嫌我的话太直了？扶乩的事，完全不可信。九弟总要立志读书，不要想这些事。季弟一切，都要听诸位哥哥的话，这次通信兵走得很急，不得闲抄日记本，其余容我以后再告。（道光二十三年正月十六日）

赏析：

曾国藩是学问家，也是大儒，他的学问和做人的品格，无论在他所处的那个年代，还是后世，都是很多年轻人的典范，有人称之为千古“修身齐家治国平天下”第一人，虽然有夸喻，但也确实有过人之处。一部《曾文正公家书》流传甚广，让人知道了他军事才华之外的其他能力。文字和家书，是一个人心里最隐秘的地方，从曾国藩家书中，可以慢慢品味出这个人的人生的高度，与心灵的温度。

曾国藩的这封家书，是和弟弟们谈读书谈读史的，信的一开始，谈了自己作为家中长子，曾国藩特别注重对弟弟们的引导和关照，一封封家书，都是和弟弟及家中的亲戚谈心，说明他是一个非常注重家庭生活的人。

这封家书，首先自责，六弟的责怪，让他反省自己做得不足之处，然后谈乡俗，要求弟弟们交友要慎重。接着谈到了读史的方法。全文循循善诱，拉拉家常，亲切自然。

致诸弟——讲求学之方法

四位老弟足下：九弟行程，计此时可以到家；自任邱发信之后，至今未接到第二封信，不胜悬悬！不知道上有甚艰险否？四弟六弟院试，计此时应有信，而折差久不见来，实深悬望！

予身体较六弟在京时一样，总以耳鸣为苦；问之吴竹如云：“只有静养一法，非药物所能为力。”而应酬日繁，予又素性浮躁，何能著实静养？疑搬进内城注，可省一半无谓之往还，现在尚未找得。予时时日悔，终未能洗涤自新；九弟归去之后，予定刚日读经，柔日读史之法，读经常懒散不沈著。读《后汉书》，现已丹笔点过八本，虽全不记忆，而较之去年读《前汉书》，领会较深。

吴竹如近日往来极密，来则作竟日谈，所言皆身心国家大道理。渠言有窦兰泉者，云南人，见道极精当平实，窦亦深知予者，彼此现未拜往。竹如必要予搬进城住，盖城内镜海先生可以师事，倭艮峰先生窦兰泉可以友事，师友夹待，虽懦夫亦有立志。予思朱子言：“为学壁如熬肉，先须用猛火煮，然后用慢火温。”予生平工夫，全未用猛火煮过，虽有见识，乃是从悟境得来，偶用工亦不过优游玩索已耳，如未沸之汤，遽用慢火温之，将愈翕愈不熟也。以是急思般进城内，以是急思搬进城内，屏除一切，从事于克己之学。

镜海艮峰两先生，亦劝我急搬，而城外朋友，予亦有思常见都数人，如邵蕙西吴子序何子贞陈岱云是也。蕙西常言与周公谨交，如饮醇醑，我两个颇有此风味，故每见辄长谈不舍。予序之为人，予至今不能定其品，然识见最大且精，尝教我云：“用功譬若掘井，与春多掘数井，而皆不及泉，何若老衬一井，力求及泉而用之不竭乎广此语正与予病相合，盖予所谓掘井而皆不及泉者且。”

何子贞与予讲字极相合，谓我真知大源，断不可暴弃。予尝谓天下万事万理，皆出于乾坤二卦，即以作字论之，纯以神行，大气彭荡，脉络周通，潜心内传，此乾道也。结构精巧，向背有法，修短合度，此坤道也。凡乾以神气言，凡坤以形质言，礼乐不可斯须去身，即此道也。乐本于乾，礼本于坤，作字而优游自得，真力弥满者，即乐之意也。丝丝入扣，转折合法者，即礼之意也。偶与子贞言及此，子贞深以为然，谓渠生平得力，尽于此矣。

陈岱云与吾处处痛痒相关，此九弟所知者也，写至此，接得家书，知四弟六弟未得入学，怅怅！然科名有无迟早，总由前定，丝毫不能勉强。吾辈读书，只有两事，一者进德之事，讲求乎诚正修齐之道，以图无忝所生，一者修业之事，操习乎记诵词章之术，以图自卫其身。

进德之身，难于尽言，至于修业以卫身，吾请言之。卫身莫大如谋食，农工商劳力以求食者也，士劳心以求食者也。故或食禄于朝，教授于乡，或为传食之客，或为入幕之宾，皆须计其所业，足以得食而无愧。科名，食禄之阶也，亦须计吾所业，将来不至尸位素餐，而后得科名而无愧，食之得不得，究通由天作主，予夺由人作主，业之精不精，由我作主。

然吾未见业果精而终不得食者也，农果力耕，虽有饥馑，必有丰年；商果积货，虽有壅滞，必有通时；士果能精其业，安见其终不得科名哉？即终不得科名，又岂无他途可以求食者哉？然则特患业之不精耳。求业之精，别无他法，曰专而已矣。谚曰："艺多不养身，谓不专也。"吾掘井多而无泉可饮，不专之咎也！

诸弟总须力图专业，如九弟志在习字，亦不尽废他业；但每日习安工夫，不可不提起精神，随时随事，皆可触悟。四弟六弟，吾不知其心有专嗜否？若志在穷经，则须专守一经，志在作制义，则须专看一家文稿，志在作古文，则须专看一家文集。作各体诗亦然，作试帖亦然，万不可以兼营并骛，兼营则必一无所能矣。切嘱切嘱！千万千万！此后写信来，诸弟备有专守之业，务须写明，且须详问极言，长篇累牍，使我读其手书，即可知其志向识见。凡专一业之人，必有心得，亦必有疑义。诸弟有心得，可以告我共赏之，有疑义，可以告我共析之，且书信既详，则四千里外之兄弟，不啻晤言一室，乐何如乎？予生平伦常中，惟兄弟一伦，抱愧尤深！盖父亲以其所知者，尽以教我，而吾不能以吾所知者，尽教诸弟，是不孝之大者也！九弟在京年余，进益无多，每一念及，无地自容。嗣后我写诸弟信，总用此格纸，弟宜存留，每年装订成册，其中好处，万不可忽略看过。诸弟写信寄我，亦须用一色格纸，以便装订。兄国藩手具。（道光二十二年九月十八日）

译文：

四位老弟足下：九弟的行程，预计现在可以到家。自从在任邱发信之后，至今没有接到第二封信，不胜悬念之至！不知道路上有什么艰难险阻吗？四弟六弟院试，预计现在应该有结果了，而折差许久也不见来，实在叫人悬望！

我身体和六弟在京时一样，总以耳鸣为苦。问了吴竹如，他说："只有静养，不是药物所能治愈的。"而应酬一天天繁多，我又从来性子浮躁，哪里能实实在在静养？准备搬到内城住，可以省一半路程往返，现在房子还没有找到。我时刻悔恨，终没有能够洗涤自新。九弟回去以后，我决定双日读经，单日读史。读经常常是懒散不沉着，读《后汉书》已用朱笔点过八本，虽说都不记得，而比去年读《前汉书》领会要深刻些。吴竹如近日往来很密。来了便要作整天的谈话，听说的都是关于身心健康、国家大事。他说有个窦兰泉的，云南人，悟道非常精当平实，窦对我也很了解。彼此之间还没有详访过。竹如一定要我搬进城里住，因为城里的镜海先生司以师事，倭艮峰先生和窦兰泉先生可以友事，师友夹持，就是一个懦夫也要立志。我想朱子说过："做学问好比熬肉，先要用猛火煮，然后用慢火温。"我生平的工夫，全没用猛火煮过。虽然有些见识，是从悟境得到，偶尔用功也不过优游玩索罢了。好比没有煮熟的汤，马上用温火温，越温越不热。因此，急于想搬进城里去，排除一切杂念，从事于"克己复礼"的学问。镜海、艮峰两先生，也劝我快搬。城外的朋友，也有想常常见面的几个人，如邵惠西、吴子序、何子贞、陈岱云。惠西常说与周公谨交，如喝醇酒，我们两人有这种风味，所以每次见面就长谈舍不得分手。子序的为人，我至今不能定他的品位，但是见识却是博大精深，常教我说："用功好比挖井，与其挖好几井而看不见泉水，不如老挖一口井，一定要挖到看见泉水，那就取之不尽，用之不竭了。”这几句话正切合我的毛病，因为我就是一个挖井而不见泉水的人。何子贞与我讨论书法非常相合，说我真的懂得书法的诀窍，决不可自暴自弃。我常常说天下万事万理，都同于乾坤二字，就以书法来说，纯粹用神韵去写，周身大气彭荡，脉络周通，潜心内转，这就是乾的道理。结构精巧，向背有法，修短合度，这就是坤的道理。乾，从神韵而言；坤，从形体而论。礼乐不可一喇离身，也是这道理。乐，本于乾；礼，本于坤。写字而优游自得，真力弥满，就是乐的意味了。丝丝入扣，转折合法，就是礼的意味了。偶尔与子贞谈到这些，子贞觉得很对，说他生平得力，全在这些了。陈岱云与我处处痛痒相关，这是九弟知道的。写到这里，接到家信，知道四弟六弟没有入学，很遗憾！但是科名的有和没有，早或迟，总是生前注定的，一点不能勉强。我们读书，只有两件事：一是进德，讲求诚正修齐的道理，以做到不负一生；一是修业，操习记诵词章的技巧，以做到自立自卫。进德的事，难以尽言。至于修业的卫身，我来说一说。卫身没有比谋生更大的事了。农、工劳力，是谋生；士人劳心，也是谋生。所以说，或者在朝廷当官拿俸禄，或者在家乡教书以糊口，或者做传传达达的事当食客，或者参加人家的府幕做宾客，都是用自己所修的业，达到谋生无愧于心的满足。科名，是当官拿俸禄的阶梯，也要衡量自己学业如何，将来不至于尸位素餐，得了科名心里不感惭愧。谋生谋得谋不得，穷通由天作主，予夺由人作主，业精不精，由自己作主。

然而我没有见过业精而终于谋不到生的。农夫如果努力耕种，虽然会有饥荒，但一定有丰岁。商人如果积藏了货物，虽然会有积压，但一定会有畅销的时候。读书人如果能精学业，那怎见得他不会有科名呢？就是终于得不到科名，又怎见得不会有其他谋生的途径呢？因此说，只怕业不精了。要求业精，没有别的办法，要专一罢了。谚语说：“技艺多了不能够养身，说他不专一。”我挖井多而没有泉水可饮，是不专的过错。各位弟弟要力求专业，如九弟志在书法，也不废弃其他，但每天写字的工夫，不可不提起精神，随时随便什么事，都可以触动灵感。四弟六弟，我不知道他们心里有专门的爱好没有？如果志向在穷经，那么应该专门研究一种经典。如果志向在制艺，那么应该专门研究一有的文稿。如果志向在作古文，那么应该专门看一家文集。作各种体裁的诗也一样，作试帖也一样，万万不可以兼营并骛。样样去学一定一无所长。切嘱切嘱！千万千万！以后写信来，各位弟弟专攻的学业，务必写明，并且要详细提出问题，详述自己的心得，长篇累牍的写来，使我读了之后，就可以知道你们的志趣和见识。专一门的人，一定会有心得，也一定有疑问。弟弟们有心得，告诉我可以一起欣赏；有疑问，告诉我可以一起来分析。并且写得既详细，那么四千里外的兄弟，好像在一间房里见面，那是何等快乐的事啊！

我生平对于伦常之中，只有兄弟这一伦，愧疚太深。因为父亲以他所知道的，尽力教我。而我不能以我所知道的，尽教弟弟们，是大不孝！九弟在京城一年多，进步不多，每一想起，真是无地自容。以后我给弟弟写信，总用这种格子纸，弟弟们要留着，每年订成一册，其中的好处，万不可以随便看过。弟弟们写信寄我，也要用一色格子纸，以便装订，兄国藩手具。（道光二十二年九月十八日）

赏析：

这封仍然是谈生活谈读书谈修业。曾国藩对六弟没有取得功名，虽然遗憾，但是仍然细细开导，人生不一定只走仕途，即使在乡间当个教书先生，也能生活得很好，还以农夫和商人作比，大概的意思就是“条条道路通罗马”。只要用心去钻研，有了一技之长，都可以养活自己。

曾国藩是个追求道德完美的人，他不允许自己有任何闪失和缺陷，所以活得很累，也很端正。在信的最后，他说自己用心写每一封信，希望弟弟们装订成册，认真读，自己也希望弟弟们用格子纸写信，他也会装订起来，认真读。家书的可贵之处，就是在它是亲人之间温度的传递，无所不谈，又透露着暖暖的亲情。

李鸿章（1823—1901），字渐甫或子黻，号少荃（泉），晚年自号仪叟，别号省心，谥文忠，安徽合肥人，世人多尊称李中堂，亦称李合肥。淮军创始人，洋务运动的主要倡导者之一。著有《李文忠公全集》。

示儿文

年来国事日非，吾等执政，虽竭力谋强盛，然未见效，深为可叹。国人思想受毒根深，忽然一旦变化，固非易事，然受外人之凌辱，国人未能反省，非愚且钝乎？受人凌辱之原因，莫外乎不谙世事，墨守陈法，藏身于文字之间而卑视工商。岂知世界文明，工商业较重于文字。窥东西各国之强盛，无独不然。今当局者渐醒，于是有出洋考察之议。然考察而未能仿行，等于不察；欲仿行而仍假手于外人，等于不仿。故曾夫子涤生等，有上疏拟选聪颖子弟出洋习艺事，各专所学，报效于国家也。或谓天津、上海、福州等处，已设局仿造轮船、枪炮、军火；京师设同文馆，选满汉子弟，延请学者教授；又上海开广方言馆，选文童肄业，似中国已有基绪，无须远涉重洋。不知设局制造、开馆，所以图振奋之基也；远适肄业，集思广益，所以收远大之效也。西人学求实济，无论为士、为工、为兵，无不入塾读书，共明其理，习见其器，躬亲其事，各致其心思巧力，递相师授，期于月异而岁不同。中国欲取其长，一旦遽图尽购其器，不惟力有不逮，且此中奥妙，苟非遍览久习，则本原无由洞澈，曲折无以自明。古人谓：学齐语者，须引而置之庄岳之间，又曰：百闻不如一见。此物此志也。部诚得其法，归而触类引伸。今日所为孜孜以求者，不更扩充于穷耶？余然曾夫子之说，附近其后，因疏圣上，并筹办法，吾儿身体不佳，宜自保重。每日工作，宜有定时，弗过度。余年老力衰，耳眼不灵。疏忽之处颇多，可恨可恨。

译文：

近年来国家形势每况愈下。我们这些掌握政权的人，虽然竭尽全力谋求国家强盛，但没能见到成效，深深为此而感慨。我国民众思想受毒害根深蒂固，要让他们突然改变，固然不是很容易的。然而遭受外国人的凌辱，我国民众不能反思觉醒，不是愚蠢和迟钝吗？受他人凌辱的原因，不外乎是由于不了解世界形势，仍然墨守成规，总是埋头书本，而不重视发展工商业。哪知道世界文明的出现，工商业比书本知识更为重要。观察东部西部各国的发展强盛，无一例外。现今，当政者已逐渐觉醒，于是出现了派遣使节出国考察的主张。但是仅仅只是考察而不能效仿，等于没有考察；打算效仿却仍是利用外国人的原样照搬，也就没有效仿，因此曾国藩等奏本皇上，准备选派聪明的青年人出国学习技艺，掌握一门专长，以此报效国家。也有人说，在天津、上海、福州等地，已经设立专门机构仿造轮船、机械、军火等；北京开办同文馆，选拔满汉两族的子弟入学，并邀请学者任教；而且在上海开办广方言馆，选择一些儿童在此就学，似乎中国已有基础，无须还要远涉重洋去求学。设立机构，兴办制造业，开办学堂，以此即可图谋振兴朝廷统治的基础。但是，到外国去学习，可以集思广益，可以收到深远的效果。西方人学习讲求实际利益，无论当官的，做工的，还是习武的，没有不上学读书的，大家都明白读书的道理，通过学习发现一个人的才能，通过亲自实践，显示出不同的智慧和能力。他们按序学习，得师传授。学习期限有几个月不同的，也有的几年不等。中国打算吸取他们的长处，但是，总是一旦突发奇想，就把国外的机器都买回来，不考虑力量是否达得到，机器的原理性能，若非经过长期摸索使用，就无法彻底弄清其中的缘由，某些细节问题也不可能不解自明。古说得好，齐语难学，要学会的话非得到齐国山野之中去不可。又说：听一百次，不如见一次。这些说法表达的就是上述的道理。况且如确实将外国的方法学到手，回国后就可以触类旁通，我们孜孜以求学习到的内容，不就更能扩充为无穷无尽的知识了吗？我因赞同曾国藩的主张，因此紧随其后，奏请皇上，筹划实行的办法。你自己身体不大好，应该自己注意保重，每日工作要定时，不要过度劳累，我已经年老体弱了，耳朵聋了，眼也花了，不周密的地方很多，可恨可叹啊。

赏析：

很长一段时间，历史教科书和课堂上，国人都是把李鸿章当做“卖国贼”来宣传的，如太阳在大地上投下的影子，有光明也有阴影，站在不同的角度看问题，我们总能发现问题的两面性，万事都有两面性，有积极的，也有消极的。对于一个人的判断也是如此。李鸿章在清末洋务运动中起到的重大作用，对中国近现代工业化的发展所做出的贡献，到了需要重新评价的时候了。作为一个出洋考察和办理外交事务的大臣，他的眼界，应该不比当时留洋的学生差，也因为身处要位，他才能把自己所闻所想，通过皇帝的权力，进行部分的实施。那就是，对古老的封建王朝，进行政治、经济和文化上的改革。

即便在一百年后的今天来看，李鸿章对于欧洲各国在工商业、教育和文化上的发展，所进行的思考和判断，也并没有落伍，他在这些领域的思考，也很积极。在家庭子女的教育方面，他也喜欢把这些观点写到家书中，告诉子女外面的世界发生了什么变化，当今世界有了什么新鲜的事物。这展示的是一个政治家的胸怀，也是一个父亲的智慧。

因为在对子女教育上的不拘泥，所以李鸿章的子女，后来大多从事了与洋务运动相关的工作。这封家书，只是谈开办大学、引进机械和派遣留学生出洋留学等一部分内容，只此一篇，已经可以看出李鸿章在洋务方面的思考和心得了。

方声洞（1886—1911），字子明，福建侯官（今闽侯）人。1902 年留学日本。1904 年日俄战争爆发，他参加了留日学生组织的拒俄义勇军。1905 年在日本加入同盟会，任福建支部部长。1911 年 3 月诀别妻子，回国参加广州起义，为黄花岗七十二烈士之一。

赴义前别父书

父亲大人膝下，跪禀者：此为儿最后亲笔之禀，此禀如果到家，则儿已不在人世者久矣！儿死不足惜，第此次之事，未曾禀告大人，实为大罪。故临死特将其就死之原因为大人陈之。

窃自满洲入关以来，凌虐我汉人无所不至。迄于今日，外患逼迫，瓜分之祸，已在目前。满洲政府，犹不愿实心改良政治，以图强盛；仅以预备立宪之空名，炫惑内外之观听，必欲断送汉人之土地于外人，然后始大快于其心。是以满政府一日不去，中国一日不免于危亡。故欲保全国土，必看碟驱满始，此固人人所共知也。儿蓄此志已久，只以时未至，故隐忍未发。迩者海内外诸同志共谋起义，以扑满政府，以救祖国。祖国之存亡，在此一举。事败则中国不免于亡，四万万人皆死，不特儿一人；如事成则四万万人皆生，儿虽死亦乐也。史以大人爱儿切，故临死不敢不为禀告，但望大人以国事不心，勿伤儿之死，则幸甚矣！

夫男儿在世，不能建功立业，以强祖国，使同胞享幸福，奋斗而死，亦大乐也；且为祖国而死，亦义所应尔也。儿刻已念有六岁矣。我于家庭，本有应尽之责任。只以国家不能保，则身家亦不能保，即为身家计；亦不能不于死中求生也。儿今日极力驱满，尽国家之责任者，亦即所以保卫身家也。他日革命成功，我家之人，皆为中华新国民，而子孙万世亦可以长保无虞。则儿虽死，亦瞑目于地下矣。惟从此以往，一切家事均不能为大人分忧，甚为抱憾！幸有涛兄及诸孙在，则儿或可稍安于地下也。惟祈大人得信后，切不可过于伤心，以碍福体，则儿罪更大矣。幸谅之！兹附上致颖媳信一通，俟其到汉时面交。并祈得书时，即遣人赴日本接其归国。因彼一人往东，无人照料，种种不妥也。如能早归，以尽子媳之职，或能轻儿不孝之罪。临死，不尽所言，惟祈大人善保玉体，以慰儿于地下，旭孙将来长成，乞善导其爱国之精神，以为将来为国报仇也。临书不尽企祷之至。敬请万福金安！儿声洞赴义前一日禀于广州城

家中诸大人，及诸兄弟姊妹、诸嫂、诸侄儿女、诸亲戚统此告别。

译文：

父亲大人，儿跪在膝下向您禀告：这是儿的亲笔信。这封信如果送到家中，那么我已早不在人世了！我死了不足惜，只是这次起义的事，没禀告给您，实在是大罪过！所以临死前特意把要死的原因，向大人陈述。

我私下认为自从清军入关以来，对我们汉人的凌辱无所不至。到了今天，外患逼迫，瓜分的祸患，已在眼前。清政府仍然不愿意改良政治，以图国家的强盛；只是用预备立宪的空名，炫耀迷惑国内国外视听，必定要把我汉人的土地断送给外国，然后心里才高兴。所以清朝政府一天不推翻，中国就一天免不了危亡的灾难；所以要想保全国土，一定要从驱逐清朝政府开始，这本来是人人都知道的事情。我早已有这个志向，只是因为时机没到，所以隐忍未发。近来海内外许多志同道合的人共同计划起义，打击清政府，来拯救祖国。祖国的存亡，就在这次起义了。起义失败，那么中国难免要灭亡，四万万同胞全能够生存，我即使死了也是高兴的。只是因为父亲大人疼爱儿子，所以临死不敢不禀告实情，只希望您把国家大事放在心中，不要因为我的死而悲伤，那样我就会感到是很幸运的了！

男儿在世，不能建功立业，使国家富强，让同胞享受幸福的生活，即使奋斗而死，也是非常高兴的；况且是为祖国而死，更是义不容辞。儿现在已二十六岁了，我对于家庭，本来是有应尽的责任，只是因为国家保不住，那么自豪也会保不住，就是为自家打算，也不能不在灾难中求得生存。我今天竭尽全力驱逐清朝政府，尽保卫国家的责任，也就是

来尽保卫自家的责任。等到他日革命成功，咱们家的人，都是中华的新国民，子孙万世也可以长久保全而无忧患了，那么我即使死了，在地下也会瞑目的。只是从此以后，一切家事，都不能替您分忧，非常遗憾！幸亏有兄长和孙子们在，那么我或许可以在地下稍微安心了。只是祈求您看到信后，千万不能太伤心，以至影响身体健康，那么儿的罪就更大了。希望大人原谅我！这里附上给媳妇颖的一封信，等到她到武汉时当面交给她。并祈求您得到书信时，就派人到日本接她加归，因为她一人在东瀛，无人照料，各方面都不妥帖。如果能够早点回来，尽儿媳的职责，或许能减轻儿不孝的罪名。临死时说不尽心中的话，只是祈求父亲大人好好地保养身体，来安慰儿子在地下的魂灵。孙子将来长大成人，希望您好很好地教导他爱国的精神，以为将来为国家报仇。面对书信不胜祈祷之至！敬豆腐乳万福金安！儿声洞赴起义前一天在广州成向您禀告。

家中各位长辈，以及各位兄弟姐妹，各位嫂嫂，各位侄儿侄女，各位亲戚，一起向你们告别。

赏析：

此文是广州起义前，方声洞写给父亲的永别书。信中主要说明了自己慷慨赴死的原因，即献身祖国的道理，借以劝慰父亲。信中既有作者为祖国而死、义不容辞的豪言壮语，又有儿子对父亲未能尽责的深深遗憾，表现了一个革命者的崇高精神境界。

林觉民（1887—1911），字意洞，号抖飞，又号天外生，福建闽侯人。近代民主革命烈士，“黄花岗七十二烈士”之一。十四岁时进福建高等学堂，毕业后留学日本，后加入中国同盟会。1911年春回国，参加广州起义，受伤被捕，刑讯时，慷慨陈词宣传革命道理，最后从容就义。

与妻书

意映卿卿如晤：吾今以此书与汝永别矣！吾作此书时，尚是世中一人；汝看此书时，吾已成为阴间一鬼。吾作此书，泪珠和笔墨齐下，不能竟书而欲搁笔，又恐汝不察吾衷，谓吾忍舍汝而死，谓吾不知汝之不欲吾死也，故遂忍悲为汝言之。

吾至爱汝，即此爱汝一念，使吾勇于就死也。吾自遇汝以来，常愿天下有情人都成眷属；然遍地腥云，满街狼犬，称心快意，几家能彀？司马青衫，吾不能学太上之忘情也。语云：仁者“老吾老以及人之老；幼吾幼以及人之幼”。吾充吾爱汝之心，助天下人爱其所爱，所以敢先汝而死，不顾汝也。汝体吾此心，于啼泣之余，亦以天下人为念，当亦乐牺牲吾身与汝身之福利，为天下人谋永福也。汝其勿悲！

汝忆否？四五年前某夕，吾尝语曰："与使吾先死也，无宁汝先我而死。"汝初闻言而怒，后经吾婉解，虽不谓吾言为是，而亦无词相答。吾之意盖谓以汝之弱，必不能禁失吾之悲，吾先死留苦与汝，吾心不忍，故宁请汝先死，吾担悲也。嗟夫！谁知吾卒先汝而死乎？吾真真不能忘汝也！回忆后街之屋，入门穿廊，过前后厅，又三四折，有小厅，厅旁一室，为吾与汝双栖之所。初婚三四个月，适冬之望日前后，窗外疏梅筛月影，依稀掩映；吾与（汝）并肩携手，低低切切，何事不语？何情不诉？及今思之，空余泪痕。又回忆六七年前，吾之逃家复归也，汝泣告我："望今后有远行，必以告妾，妾愿随君行。"吾亦既许汝矣。前十余日回家，即欲乘便以此行之事语汝，及与汝相对，又不能启口，且以汝之有身也，更恐不胜悲，故惟日日呼酒买醉。嗟夫！当时余心之悲，盖不能以寸管形容之。

吾诚愿与汝相守以死，第以今日事势观之，天灾可以死，盗贼可以死，瓜分之日可以死，奸官污吏虐民可以死，吾辈处今日之中国，国中无地无时不可以死，到那时使吾眼睁睁看汝死，或使汝眼睁睁看吾死，吾能之乎？抑汝能之乎？即可不死，而离散不相见，徒使两地眼成穿而骨化石，试问古来几曾见破镜能重圆？则较死为苦也，将奈之何？今日吾与汝幸双健。天下人不当死而死与不愿离而离者，不可数计，钟情如我辈者，能忍之乎？此吾所以敢率性就死不顾汝也。吾今死无余憾，国事成不成自有同志者在。依新已五岁，转眼成人，汝其善抚之，使之肖我。汝腹中之物，吾疑其女也，女必像汝，吾心甚慰。或又是男，则亦教其以父志为志，则吾死后尚有二意洞在也。甚幸，甚幸！吾家后日当甚贫，贫无所苦，清静过日而已。

吾今与汝无言矣。吾居九泉之下遥闻汝哭声，当哭相和也。吾平日不信有鬼，今则又望其真有。今人又言心电感应有道，吾亦望其言是实，则吾之死，吾灵尚依依旁汝也，汝不必以勿侣悲。

吾平生未尝以吾所志语汝，是吾不是处；然语之，又恐汝日日为吾担忧。吾牺牲百死而不辞，而使汝担忧，的的非吾所忍。吾爱汝至，所以为汝谋者惟恐未尽。汝幸而偶我，又何不幸而生今日中国！吾幸而得汝，又何不幸而生今日之中国！卒不忍独善其身。嗟夫！巾短情长，所未尽者，尚有万千，汝可以模拟得之。吾今不能见汝矣。汝不能舍吾，其时时于梦中得我乎！一恸！

辛未三月廿六夜四鼓，意洞手书

家中诸母皆通文，有不解处，望请其指教，当尽吾意为幸。

译文：

意映爱妻，见字如面：我现在用这封信跟你永远分别了！我写这封信时，还是人世间一个人；你看这封信时，我已经成为阴间一鬼了。我写这封信，泪珠和笔墨一齐落下，不能够写完信就想放下笔，又怕你不了解我的心思，说我忍心抛弃你去死，说我不知道你不想让我死，所以就强忍着悲痛给你说这些话。

电影《百年情书》剧照

我非常爱你，也就是爱你的这一意念，促使我勇敢地去死呀。我自从结识你以来，常希望天下的有情人都能结为夫妇；然而遍地血腥阴云，满街凶狼恶犬，有几家能称心满意呢？江州司马同情琵琶女的遭遇而泪湿青衫，我不能学习那种思想境界高的圣人而忘掉感情啊。古语说：仁爱的人“尊敬自己的老人，从而推及尊敬别人的老人，爱护自己的儿女，从而推及爱护别人的儿女”。我扩充我爱你的心情，帮助天下人爱他们所爱的人，所以我才敢在你之前死而不顾你呀。你能体谅我这种心情，在哭泣之后，也把天下的人作为自己思念的人，应该也乐意牺牲我一生和你一生的福利，替天下人谋求永久的幸福了。你不要悲伤啊！

你还记得不？四五年前的一个晚上，我曾经对你说："与其让我先死，不如让你先死。"你刚听这话就很生气，后来经过我委婉的解释，你虽然不说我的话是对的，但也无话可答。我的意思是说凭你的瘦弱身体，一定经受不住失去我的悲痛，我先死，把痛苦留给你，我内心不忍，所以宁愿希望你先死，让我来承担悲痛吧。唉！谁知道我终究比你先死呢？我实在是不能忘记你啊！回忆后街我们的家，进入大门，穿过走廊，经过前厅和后厅，又转三四个弯，有一个小厅，小厅旁有一间房，那是我和你共同居住的地方。刚结婚三四个月，正赶上冬月十五日前后，窗外稀疏的梅枝筛下月影遮掩映衬；我和你并肩携手，低声私语，什么事不说？什么感情不倾诉呢？到现在回想起当时的情景，只剩下泪痕。又回忆起六七年前，我背着家里人出走又回到家时，你小声哭着告诉我："希望今后要远走，一定把这事告诉我，我愿随着你远行。"我也已经答应你了。十几天前回家，就想顺便把这次远行的事告诉你，等到跟你面对时，又不开口，况且因你怀孕了，更怕你不能承受悲伤，所以只天天要酒求得一醉。唉！当时我内心的悲痛，是不能用笔墨来形容的。

我确实愿意和你相依为命直到老死，但根据现在的局势来看，天灾可以使人死亡，盗贼可以使人死亡，列强瓜分中国的时候可以使人死亡，贪官污吏虐待百姓可以使人死亡，我们这辈人生在今天的中国，国家内无时无地不可以使人死亡。到那时让我眼睁睁看你死，或者让你眼睁睁看我死，我能够这样做呢？还是你能这样做呢？即使能不死，但是夫妻离别分散不能相见，白白地使我们两地双眼望穿，尸骨化为石头，试问自古以来什么时候曾见过破镜能重圆的？那么这种离散比死要痛苦啊，这将怎么办呢？今天我和你幸好双双健在，天下的不应当死却死了和不愿意分离却分离了的人，不能用数字来计算，像我们这样爱情专一的人，能忍受这种事情吗？这是我敢于索性去死而不顾你的缘故啊！我现在死去没有什么遗憾，国家大事成功与不成功自有同志们在继续奋斗。依新已经五岁了，转眼之间就要长大成人了，希望你好好地抚养他，使他像我。你腹中的胎儿，我猜她是个女孩，是女孩一定像你，我心里非常欣慰。或许又是个男孩，你就也教育他以父亲的志向作为志向，那么我死后还有两个意洞在呀。太高兴啦，太高兴啦！我们家以后的生活该会很贫困，但贫困没有什么痛苦，清清静静过日子罢了。

我现在跟你再没有什么话说了。我在九泉之下远远地听到你的哭声，应当也用哭声相应和。我平时不相信有鬼，现在却又希望它真有。现在又有人说心电感应有道，我也希望这话是真的。那么我死了，我的灵魂还能依依不舍地伴着你，你不必因为失去伴侣而悲伤了。

我平素不曾把我的志向告诉你，这是我的不对的地方；可是告诉你，又怕你天天为我担忧。我为国牺牲，死一百次也不推辞，可是让你担忧，的确不是我能忍受的。我爱你到了极点，所以替你打算的事情只怕不周全。你有幸嫁给了我，可又如此不幸生在今天的中国！我有幸娶到你，可又如此不幸生在今天的中国！我终究不忍心只完善自己。唉！方巾短小情义深长，没有写完的心里话，还有成千上万，你可以凭方巾领会没写完的话。我现在不能见到你了，你又不能忘掉我，大概你会在梦中梦到我吧！写到这里太悲痛了！辛未年三月二十六日深夜四更，意洞亲笔写。

家中各位伯母、叔母都通晓文字，有不理解的地方，希望请她们指教。应当完全理解我的心意是好。

赏析：

这是让人唏嘘的一封家书，也是一封永别的情书。因为作者在写完这封书的第二天早晨，就参加了广州起义，三天之后，英勇就义。以赴死之心写绝命书，悲壮而情真意切，所以字字泣血，浓得化不开的个人真情，和为国捐躯的激情，相互交织，叫人断肠落泪，而又撼人魂魄、令人感奋。虽然已时隔百年，但本文章却没有随着时光的流逝，而失去耀眼的魅力，作者对爱妻的那份真情、以天下人为念的革命风范，依然令人动容。没有全民族的解放，就没有个人的解放；没有广大人民的幸福，就没有小家庭的幸福。小我和大我，发生矛盾时，展现的是一个人的胸怀和气度。因此，本文极具感染力，也极有号召力。

鲁迅（1881—1936），原名周树人，字豫才，浙江绍兴人，以笔名鲁迅闻名于世。鲁迅先生的作品对“五四运动”以后的中国文学产生了深刻而广泛的影响。毛泽东评价他是伟大的文学家、思想家、革命家，是中国文化革命的主将，可谓知言。

许广平（1898—1968），祖籍福建。1917 年就读天津直隶第一女子师范学校预科，担任天津爱国同志会会刊《醒世周刊》主编，并在周恩来领导下参加了“五四”运动。1923 年考入北京女子高等师范学校国文系，成为鲁迅的学生。1927 年 10 月与鲁迅到上海正式同居。1929 年，生子周海婴。1932 年 12 月，通信集《两地书》出版。历任政务院副秘书长、全国人大常委、全国政协常委、全国妇联副主席、民主促进会副主席、全国文联主席团委员等职务。

两地书

鲁迅先生：

现在执笔写信给你的，是一个受了你快要两年的教训，是每星期翘盼着希有的，每星期三十多点钟中一点钟小说史听讲的，是当你授课时，坐在头一排的座位，每每忘形地直率地凭其相同的刚决的言语，在听讲时好发言的一个小学生。他有许多怀疑而愤懑不平的久蓄于中的话，这时许是按抑不住吧，所以向先生陈诉。

有人以为学校场所，能愈隔离城市的尘纷、政潮的影响，愈是效果佳些，的确！这是否有一部分的理由呢？记得在中学时代，那时也未常〔尝〕不有攻击教员反对校长的事情发生，然而无论反与正的二方面总是偏重在“人”的方面权衡它，从没遇过在“利”的方面去取过，先生！这是受都市政潮的影响呢，还是年龄的继续增长戕害了他呢？先生！你请看看吧！现在北京学界中发生了驱逐校长的事，同时反对的，

赞成的，立刻就各标旗帜，校长以“留学”、“留堂”——毕业留本校任职——谋优良位置为饼饵，学生以权利得失为去取，今日收买一个，明日收买一个……今日被买一个，明日被买一个……在买者蝇营狗苟，凡足以固位恋栈的无所不用其极，有洞皆钻，无门不入。被买者也廉耻丧尽，人格破产。似此情形，出于清洁之教育界人物，有同猪仔行径其尤可愤恨的，这种含多量细菌的空气，乃播于名为受高等教育之女校长女学生身上。做女校长的，如其确有谋该校教育发展的干材的伟大教育高见，及其年来经过成绩，何妨公开的布告，而乃“昏暮乞怜，丑态百出，啧啧在人耳口”。呜呼！中国教育之前途。但是女校长或者因环境种种关系，支配了她不能不如此！而何以校中学生，对于该事乃日见软化，明明今日好好的出席，提出种种反对条件，转眼就掉过头来噤若寒蝉，或者明示其变态行动。呜呼！此中国女子教育之前途！或者此政潮影响教育之前途!!! 情形是一天天的恶化了！五四以后的青年是很可以悲观痛哭的了！在无可救药的赤火红红的气焰之下，先生，你放下书包，洁身远引的时候，是可以“立地成佛”的了，然而，先生！你在仰首吸那卷着一丝丝醉人的黄叶，喷出一缕缕香雾迷漫时，先生！你也垂怜，注意，想及有在蛋盆中展〔辗〕转待拔的么？也愿意而且痛快地予以“杨枝玉液”时时浸入他心脾，使他坚确牢固他的愚直么？先生！他自信他自己是一个刚率的人，他也更相信先生（是）比他更刚率十二万分的人，因为有这点点小同，他对于先生是尽量地质言的，是希望先生收录他作个无时、地界限的指南诱导的！先生！你可允许他？

苦闷之果是最难尝的，虽然食过苦果之后有点回甘，然而苦的成分太重了！也容易抹煞甘的部分，在饮过苦茶之后，细细的吮吮嘴唇皮虽然有些儿甘香，但总不能引起人好食苦茶——药——的兴味，除了病的压迫，人是绝对不肯无故去寻苦茶喝的！苦闷之不能免掉，或者如同疾病的不能免掉一般——除了毕生抱疾——但是疾病不是时时刻刻在身边的，而苦闷则总比爱人还来得亲切，总时刻地不招即来，挥之不去。先生！有什么法子在苦药中加点糖分？有糖分是否即绝对不苦？先生！你能否不像章锡琛先生在《妇志》指《妇女杂志》月刊，1915 年 1 月创刊于上海，1931 年 12 月停刊。中答话的那样模糊，而给我一个真切的明白的引导？

现在的青年的确一日日的堕入九层地狱了！或者我也是其中之一。虽然每星期中一小时的领教，可以快心壮气，但是危险得很呀！先生！你有否打算过“救人一命，胜造七级浮屠”呢？先生！你虽然很果决的平时是，但我现在希望你把果决的心意缓和一点，能够拯拔得一个灵魂就先拯拔一个！先生呀！他是如何的“惶急待命之至”！敬候

撰安！

谨受教的一个小学生许广平

十一，三，十四年

他虽则被人视为学生二字上应加一“女”字，但是他之不敢以小姐自居也如同先生之不以老爷少爷自命，因为他实在不佩〔配〕居小姐的身份地位，请先生不要怀疑。一笑。

广平兄：

今天收到来信，有些问题恐怕我答不出，姑且写下去看。

学风如何，我以为和政治状态及社会情形相关的，倘在山林中，该可以比城市好一点，伊只要办事人员好。但若政治昏暗，好的人也不能做办事人员，学生在学校中，只是少听到一些可厌的新闻，待到出校和社会接触，仍然要苦痛，仍然要堕落，无非略有迟早之分。所以我的意思，倒不如在都市中，要堕落的从速堕落罢，要苦痛的速速苦痛罢，否则从较为宁静的地方突到闹处，也须意外地吃惊受苦，其苦痛之总量，与本在都市者略同。

学校的情形，向来如此，但一二十年前，看去仿佛较好者，因为足

够办学资格的人们不很多，因而竞争也不猛烈的缘故。现在可多了，竞争也猛烈了，于是坏脾气也就彻底显出。教育界的清高，本是粉饰之谈，其实和别的什么界都一样，人的气质不大容易改变，进几年大学是无甚效力的，况且又有这样的环境，正如人身的血液一坏，体中的一部分决不能独保健康一样，教育界也不会在这样的民国里特别清高的。

所以，学校之不甚高明，其实由来已久，加以金钱的魔力，本是非常之大，而中国又是向来善于运用金钱诱惑法术的地方，于是自然就成了这现象。听说现在是中学校也有这样的了，间有例外者，大概即因年龄太小，还未感到经济困难或花费的必要之故罢。至于传入女校，当是近来的事，大概其起因，当在女性已经自觉到经济独立的必要，所以获得这独立的方法，不外两途，一是力争，一是巧取，前一法很费力，于是就堕入后一手段去，就是略一清醒，又复昏睡了。可是这不独女界，男人也都如此，所不同者巧取之外，还有豪夺而已。

我其实那〔哪〕里会"立地成佛"，许多烟卷，不过是麻醉药，烟雾中也没有见过极乐世界。假使我真有指导青年的本领——无论指导得错不错——我决不藏匿起来，但可惜我连自己也没有指南针，到现在还是乱闯，倘若闯入深坑，自己有自己负责，领着别人又怎么好呢，我之怕上讲台讲空话者就为此。记得有一种小说里攻击牧师，说有一个乡下女人，向牧师沥〔历〕诉困苦的半生，请他救助，牧师听毕答道，"忍着罢，上帝使你在生前受苦，死后定当赐福的。"其实古今的圣贤以及哲人学者所说，何尝能比这高明些，他们之所谓"将来"，不就是牧师之所谓"死后"么？我所知道的话就是这样，我不相信，但自己也并无更好解释。章锡琛的答话是一定要胡涂的，听说他自己在书铺子里做伙计，就时常叫苦连天。

我想，苦痛是总与人生联带的，但也有离开的时候，就是当睡熟之际。醒的时候要免去若干苦痛，中国的老法子是"骄傲"与"玩世不恭"，我自己觉得我就有这毛病，不大好。苦茶加"糖"，其苦之量如故，只是聊胜于无"糖"，但这糖就不容易找到，我不知道在那〔哪〕里，只好交白卷了。

以上许多话，仍等于章锡琛，我再说我自己如何在世上混过去的方法，以供参考罢——

一、走“人生”的长途，最易遇到的有两大难关。其一是“岐〔歧〕路”，倘若墨翟先生，相传是恸哭而返的。但我不哭也不返，先在岐〔歧〕路头坐下，歇一会，或者睡一觉，于是选一条似乎可走的路再走，倘遇见老实人，也许夺他食物充饥，但是不问路，因为我知道他并不知道的。如果遇见老虎，我就爬上树去，等它饿得走去了再下来，倘它竟不走，我就自己饿死在树上，而且先用带子缚住，连死尸也决不给它吃。但倘若没有树呢？那么，没有法子，只好请它吃了，但也不妨也咬它一口。其二便是“穷途”了，听说阮籍先生也大哭而回，我却也像岐〔歧〕路上的办法一样，还是跨进去，在刺丛里姑且走走，但我也并未遇到全是荆棘毫无可走的地方过，不知道是否世上本无所谓穷途，还是我幸而没有遇着。

二、对于社会的战斗，我是并不挺身而出的，我不劝别人牺牲什么之类者就为此。欧战的时候，最重“壕堑战”，战士伏在壕中，有时吸烟，也唱歌，打纸牌，喝酒，也在壕内开美术展览会，但有时忽向敌人开他几枪。中国多暗箭，挺身而出的勇士容易丧命，这种战法是必要的罢。但恐怕也有时会迫到非短兵相接不可的，这时候，没有法子，就短兵相接。

总结起来，我自己对于苦闷的办法，是专与苦痛捣乱，将无赖手段当做胜利，硬唱凯歌，算是乐趣，这或者就是糖罢。但临末也还是归结到“没有法子”，这真是没有法子！

以上，我自己的办去〔法〕说完了，就是不过如此，而且近于游戏，不像步步走在人生的正轨上（人生或者有正轨罢，但我不知道），我相信写了出来，未必于你有用，但我也只能写出这些罢了。

鲁　迅

三月十一日

赏析：

这是许广平与鲁迅多达上百封信中的两封最开始的通信。许广平从自称为“小学生”到后来自称“姑”，从称“鲁导先生”到称呼为“哥”，以及鲁迅称“广平兄”到后来称“小白象”，他们之间的书信，见证了两个由师生关系到夫妻关系的全过程。从讨论人生文学，问候家庭琐事开始，两个人的感情日渐热烈。

鲁迅是世界公认的文学大家，文笔有目共睹，在和许广平的通信中，或许是由于爱情的滋养，篇篇妙笔生花。而许广平在充满爱慕的通信中，也表现得“才华横溢，充满了文学气息”。这些书信，完整地刻画出鲁迅和许广平的性格和感情。鲁迅先生保留并公布了自己和夫人许广平女士的通信，并亲自挥笔，把这些通信重新抄录，作为礼物，留给儿子周海婴，这就是著名的《两地书》。

鲁许两地书，里面有着格外清晰的感情发展脉络，生活气息特别浓，文笔非常的漂亮，字里行间经常带出鲁迅特有的幽默，使读者发出会心的微笑。面对人生种种不可避免的矛盾和意想不到的困难，他们的态度，解决问题和克服困难的方法，都值得当今的青年们借鉴。

冰心（1900—1999），原名谢婉莹，笔名冰心。原籍福建福州长乐横岭村，著名诗人、作家、翻译家、儿童文学家。

致梁实秋

实秋：

你的信，是我们许多年来，从朋友方面所未得到的，真挚痛快的好信！看完了予我们以若干的欢喜。志摩死了，利用聪明，在一场不人道不光明的行为之下，仍得到社会一班人的欢迎的人，得到一个归宿了！我仍是这么一句话。上天生一个天才，真是万难，而聪明人自己的糟蹋，看了使我心痛。志摩的诗，魄力甚好，而情调则处处趋向一个毁灭的结局。看他“自剖”里的散文，“飞”等等，仿佛就是他将死未绝时

的情感，诗中尤其看得出。我不是信预兆，是说他十年来心理的蕴酿，与无形中心灵的绝望与寂寥，所形成的必然的结果！人死了什么都太晚，他生前我对着他没有说过一句好话。最后一句话，他对我说的：“我的心肝五脏都坏了，要到你那里圣洁的地方去忏悔！”我没说什么。我和他从来就不是朋友，如今倒怜惜他了。他真辜负了他的一股子劲！

谈到女人，究竟是“女人误他？”“他误女人？”也很难说。

志摩是蝴蝶，而不是蜜蜂。女人的好处就得不着，女人的坏处就使他牺牲了。——到这里，我打住不说了！

我近来常常恨我自己。我真应当常写作。假如你喜欢“我劝你”那种的诗，我还能写他一二十首。无端我近来又教了书，天天看不完的

卷子，使我头痛心烦。是我自己不好，只因我有种种责任，不得不要有一定的进款来应用。过年我也许不干或少教点，整个的来奔向我的使命和前途。

我们很愿意见见你，朋友们真太疏远了！年假能来么？我们约了努生，也约了昭涵，为国家你们也应当聚首了。我若百无一长，至少能为你们煮咖啡！

小孩子可爱得很，红红的颊，卷曲的浓发，力气很大，现在就在我旁边玩。他长得像文藻，脾气像我，也急，却爱笑，一点也不怕生。请太太安。

冰　心

十一月廿五

赏析：

这是冰心写给梁实秋的一封信，信里聊的内容是徐志摩之死。徐志摩和陆小曼的爱情故事，虽然快要走过一个世纪了，但是仍是家喻户晓。此信里，冰心对徐志摩的评价，是出于自己的内心，所谓志同道合，志不同，则不相为谋，但对一个自己认为从来都不是朋友的人的去世，她还是表达了怜惜之情。

与家喻户晓的声名相比，冰心脍炙人口的名作并不算多，现今最为人熟悉的是《小橘灯》、《三寄小读者》等被收入不同时期教材的短篇作品。和同时代的作家相比，冰心的文字清丽典雅，思想纯洁无邪，我们比较熟悉的是她写给小读者的信。她的纯真、善良、刚毅、勇敢和正直，使她在海内外读者中享有崇高的威望。她和友人间的信，近几年连续出版，包括她与情同姐弟的巴金之间的信，让我们看到一个相当亲切和“家常”的女作家。

傅雷（1908—1966），字怒安，上海市南汇县（现南汇区）人，翻译家，文艺评论家。

给孩子

亲爱的孩子：昨天整理你的信，又有些感想。

关于莫扎特的话，例如说他天真、可爱、清新等等，似乎很多人懂得；但弹起来还是没有那天真、可爱、清新的味儿。这道理，我觉得是“理性认识”与“感情深入”的分别。感性认识固然是初步印象，是大概的认识；理性认识是深入一步，了解到本质。但是艺术的领会，还不能以此为限。必须再深入进去，把理性所认识的，用心灵去体会，才能使原作者的悲欢喜怒化为你自己的悲欢喜怒，使原作者每一根神经的震颤都在你的神经上引起反响。否则即使道理说了一大堆，仍然是隔了一层。一般艺术家的偏于 intellectual［理智］，偏于 cold［冷静］，就因为他们停留在理性认识的阶段上。

比如你自己，过去你未尝不知道莫扎特的特色，但你对他并没发生真正的共鸣；感之不深，自然爱之不切了；爱之不切，弹出来当然也不够味儿；而越是不够味儿，越是引不起你兴趣。如此循环下去，你对一个作家当然无从深入。

这一回可不然，你的确和莫扎特起了共鸣，你的脉搏跟他的脉搏一致了，你的心跳和他的同一节奏了；你活在他的身上，他也活在你身上；你自己与他的共同点被你找出来了，抓住了，所以你才会这样欣赏他，理解他。

由此得到一个结论：艺术不但不能限于感性认识，还不能限于理性认识，必须要进行第三步的感情深入。换言之，艺术家最需要的，除了理智以外，还有一个“爱”字！所谓赤子之心，不但指纯洁无邪，指清新，而且还指爱！法文里有句话叫做“伟大的心”，意思就是“爱”，这“伟大的心”几个字，真有意义。而且这个爱决不是庸俗的，婆婆妈妈的感情，而是热烈的、真诚的、洁卧的、高尚的、如火如荼的、忘我的爱。

从这个理论出发，许多人弹不好东西的原因都可以明白了。光有理性而没有感情，固然不能表达音乐：有了一般的感情而不是那种火热的同时又是高尚、精练的感情，还是要流于庸俗；所谓 sentimental［滥情，伤感］，我觉得就是指的这种庸俗的感情。

一切伟大的艺术家（不论是作曲家，是文学家，是画家……）必然兼有独特的个性与普遍的人间性。我们只要能发掘自己心中的人间性，就找到了与艺术家沟通的桥梁。再若能细心揣摩，把他独特的个性也体味出来，那就能把一件艺术品整个儿了解了。——当然不可能和原作者的理解与感受完全一样，了解的多少、深浅、广狭，还是大有出入；而我们自己的个性也在中间发生不小的作用。

大多数从事艺术的人，缺少真诚。因为不够真诚，一切都在嘴里随便说说，当做唬人的幌子，装自己的门面，实际只是拾人牙慧，并非真有所感。所以他们对作家决不能深入体会，先是对自己就没有深入分析过。这个意思，克利斯朵夫（在第二册内）也好像说过的。

真诚是第一把艺术的钥匙。知之为知之，不知为不知。真诚的“不懂”，比不真诚的“懂”，还叫人好受些。最可厌的莫如自以为是，自作解人。有了真诚，才会有虚心，有了虚心，才肯丢开自己去了解别人，也才能放下虚伪的自尊心去了解自己。建筑在了解自己了解别人上面的爱，才不是盲目的爱。

而真诚是需要长时期从小培养的。社会上，家庭里，太多的教训使我们不敢真诚，真诚是需要很大的勇气作后盾的。所以做艺术家先要学做人。艺术家一定要比别人更真诚，更敏感，更虚心，更勇敢，更坚忍，总而言之，要比任何人都 lessimperfect［较少不完美之处］！

好像世界上公认有个现象：一个音乐家（指演奏家）大多只能限于演奏某几个作曲家的作品。其实这种人只能称为演奏家而不是艺术家。因为他们的胸襟不够宽广，容受不了广大的艺术天地，接受不了变化无穷的形与色。假如一个人永远能开垦自己心中的园地，了解任何艺术品都不应该有问题的。

有件小事要和你谈谈。你写信封为什么老是这么不 neat［干净］？日常琐事要做的 neat［干净］，等于弹琴要讲究干净是一样的。我始终认为做人的作风应当是一致的，否则就是不调和；而从事艺术的人应当最恨不调和。我这回附上一小方纸，还比你用的信封小一些，照样能写得很宽绰。你能不能注意一下呢？以此类推，一切小事养成这种 neat［干净］的习惯，对你的艺术无形中也有好处。因为无论如何细小不足道的事，都反映出一个人的意识与性情。修改小习惯，就等于修改自己的意识与性情。所谓学习，不一定限于书本或是某种技术；否则随时随地都该学习这句话，又怎么讲呢？我想你每次接到我的信，连寄书谱的大包，总该有个印象，觉得我的字都写得整整齐齐、清楚明白吧！

赏析：

傅雷是著名的翻译家，是他把巴尔扎克的作品翻译到中国。他一生勤奋工作，在翻译、音乐鉴赏和字画方面，都有很深的造诣。这封家书是傅雷专就如何理解莫扎特的作品和怎样将“真实”作为打开艺术之门的第一把钥匙，写给大儿子傅聪的。这篇文章，是傅雷家书中谈艺术系列最精彩的一篇，揭示了艺术和艺术家之间的关系，要真诚，要敏感，要虚心，要勇敢，要坚忍。傅聪就是在与父亲的书信往来中，聆听了父亲的教诲，并通过自己的不断努力，成为扬名世界乐坛的艺术家。

此信通篇谈艺术，但在信的结尾还没有忘记提醒儿子，要把信封写得干净。在细小事上的认真，其实是一个人做事严谨的表现，是一个人的意识和性情，这种良好的习惯的养成，对人一生有益。也许只有父子之间，才会有这种温暖的提醒，和循循善诱。